www.mayabook.co.kr

www.mayabook.co.kr

www.mayabook.co.kr

www.mayabook.co.kr

지은이 | 화운(話云)
펴낸이 | 권순남
펴낸곳 | (주)마야·마루출판사

등록 | 2008. 1. 7(제310-2008-00001호)

초판 인쇄 | 2018. 10. 25
초판 발행 | 2018. 10. 30

주소 | 서울시 노원구 상계 1동 1049-25 신영산업 BD 602호
대표전화 | 02-2091-0291
팩스 | 02-2091-0290
이메일 | marubooks@hanmail.net

ISBN | 978-89-280-9315-1(세트) / 978-89-280-9316-8
정가 | 8,000원

잘못된 책은 교환하여 드립니다.
저자와 협의하여 인지를 붙이지 않습니다.

「이 도서의 국립중앙도서관 출판시도서목록(CIP)은 서지정보유통지원시스템 홈페이지(http://seoji.nl.go.kr)와 국가자료공동목록시스템(http://www.nl.go.kr/kolisnet)에서 이용하실 수 있습니다.」
(CIP제어번호:CIP2018033980)

MAYA&MARU GAME FANTASY STORY

화운(話芸) 게임 판타지 장편소설

갓게임
GOD GAME

1

마야&미루

✡ 목차 ✡

제1장. 다시 시작된 세상 …007

제2장. 레드 존 …037

제3장. 퀘스트 …067

제4장. 마라디아 …097

제5장. 멋쟁이-제임스 …129

제6장. 충신 …159

제7장. 전설 …191

제8장. 곡괭이 …223

제9장. 월드 클래스 …255

제10장. '블랙-카삭스' …285

제1장

다시 시작된 세상

쉬익- 퍽!
키야!
준혁의 일격에 강화 토끼가 죽었다.
츠츠츠!
강화 토끼는 바닥에 쓰러지며 회색으로 변해 버렸다.
턱-
그와 동시에 작은 물약 병 하나가 바닥에 떨어졌다.
'설마?'
준혁은 앞으로 다가가 물약 병을 집어 들었다.
"후우……."
그러고는 떨리는 숨을 내뱉으며 물약 병에 적힌 이름부터 확인했다.

[회귀의 물약]

쫘윽!
이름을 확인하는 순간 물약 병을 쥔 손에 힘이 들어갔다.
'드디어!'
그토록 바라고 바랐던 바로 그 아이템이었다. 목숨보다 더 얻고 싶었던 바로 그 물약!
강화 토끼가 죽으며 드롭한 건 다름 아닌 회귀의 물약이었다.
이 물약은 이름이 뜻하는 것처럼 사용한 사람을 과거로 보내 주는 신기한 아이템이었다. 더군다나 이건 게임 역사상 단 한 번만 나온다는 진정으로 귀한 물약이기도 했다.
'정말 존재하는 물약이었구나!'
준혁은 울컥함을 느꼈다.
하지만 그것도 잠시, 서서히 숨을 내뱉으며 감정을 조절했다. 그러고는 주변을 둘러보았다.
깡총! 깡총!
대략 1미터 정도의 키를 가진 강화 토끼들이 나 잡아 보라는 듯 준혁의 주변을 껑충껑충 뛰어다니고 있었다.
준혁은 게임 속 몬스터인 강화 토끼를 향해 소리쳤다.

"야, 이놈들! 이제야 이 물약을 주다니! 아오! 비록 5년이 걸렸지만 그래도 고맙다!"

그러고는 손에 든 '회귀의 물약' 병과 필드를 뛰어다니는 강화 토끼들을 번갈아 쳐다봤다.

'회귀의 물약'은 강화 토끼를 사냥해서 얻은 아이템이다.

물약을 얻기 위해 공들인 시간은 무려 5년. 목표를 이루기 위해 자는 시간과 먹는 시간까지 줄여 가며 미친 듯이 강화 토끼만을 사냥했었다. 숫자로만 따져도 대략 19만 마리 정도를 죽인 것 같았다.

회귀의 물약은 인고의 시간을 참고 견디며 만들어 낸 결과인 것이었다.

'다들 나를 미친놈이라고 손가락질했었지.'

준혁은 지난 5년을 되돌아보았다.

정신 나간 노인네가 회귀의 물약에 대해 떠들고 돌아다닌 이후로 물약의 존재를 믿었던 사람은 오직 강준혁뿐이었다. 그리고 그건 어쩌면 당연한 일일지도 몰랐다.

이곳은 현실 세계가 아닌 게임 속 세상이다. 대체 어떤 사람이 게임 속에서 먹으면 과거로 돌아가는 물약의 존재를 믿으려 할까?

결론부터 말하면 그 말을 믿은 사람은 아무도 없었다. 단, 강준혁만은 빼고 말이다.

준혁은 회귀의 물약을 믿었다. 아니, 만약 회귀의 물약이란 존재를 희망하지 않았다면 5년 전에 자살했을지도 모를 일이었다. 그럴 만큼 절박한 상황 속에서 살고 있었으니까.

준혁은 지난 5년간 자신에게 손가락질하며 비웃던 이들의 얼굴을 떠올렸다.

'실컷 비웃었지, 이놈들아? 하지만 나는 네놈들과 달리 행동했고, 이렇게 결과를 만들어 냈다.'

물약 병을 들어 올렸다.

물약은 형광으로 빛나며 오묘한 색을 뿜어내고 있었다.

'이걸 먹으면 최소 7년 이상의 과거로 돌아갈 수 있다고 했지?'

돌아간다는 지점이 정확하게 언제인지는 알 수 없었다. 하지만 준혁이 넘고 싶어 하는 과거의 시간을 넘을 수 있는 건 확실했다. 준혁이 뛰어넘고 싶은 과거는 지금으로부터 딱 5년 전이었으니까.

그렇다면 무엇을 망설일까?

'가자! 과거로!'

준혁은 마음의 결심을 굳히며 물약 병의 코르크 마개를 열었다.

그러자,

뽕!

경쾌한 소리와 함께 달짝지근한 향기가 사방으로 퍼졌다.

회귀의 물약을 들어 올렸다.

이걸 마시면 과거로 회귀하게 된다.

준혁은 곧장 회귀의 물약을 입에 댔다.

'후회 많았던 삶이다. 이젠 과거로 돌아가자!'

그러고는 고개를 들어 입 안으로 흘러 들어오는 액체를 그대로 삼켜 버렸다.

시원한 액체가 식도를 타고 온몸으로 흘러 들어간 후였다.

'무슨 변화가 있는 건가?'

처음엔 몸 전체로 차가운 액체가 빠르게 퍼져 나간다는 느낌뿐이었다.

하지만 그런 기분도 잠시,

스아아아! 번쩍!

순간 눈앞에서 환한 빛이 터져 나오는가 싶더니 준혁은 이내 정신을 잃고 말았다.

스아아아! 사아아아!

준혁은 무언가 빠르게 돌아가는 소리에 눈을 떴다. 그러자 둥둥 떠 있는 영상들이 시야에 들어왔다.

'여긴 어디지?'

주변을 둘러보았다.

시커먼 공간이었다. 마치 우주의 한중간에 떨어져 있는 것처럼 사방이 시커먼 세상이었는데, 오직 준혁을 중심으로 한 영상만이 빛을 뿜고 있을 뿐이었다.

'나도 공중에 떠 있는 거구나.'

놀랍게도 준혁 또한 여러 영상과 함께 둥둥 떠 있는 상태였다.

'어떻게 된 거지?'

준혁은 조금 전 상황을 떠올렸다.

강화 토끼를 사냥해서 회귀의 물약을 얻었다.

'그리고 난 그 물약을 들이켰지.'

어차피 죽음보다 못한 삶을 살고 있었다. 그렇기에 미래에 대한 미련 없이 과거로 돌아가는 물약을 삼킨 거였다.

'물약을 마시면 곧바로 돌아가는 게 아니었나?'

정신을 잃기 전엔 적어도 상큼한 햇살과 함께 과거에서 눈을 뜨길 바랐다. 하지만 이곳은 현재도, 그렇다고 과거도, 또한 미래도 아닌 장소였다.

'대체 여긴 어디지?'

그런 생각으로 주변을 둘러보고 있을 때였다.

스아아아!

순간 공중에 떠 있던 여러 영상이 준혁에게 다가왔다.

'이건?'

준혁은 그제야 영상들이 자신의 과거를 담고 있음을 깨

달았다.

'아아…….'

눈앞에 보이는 건 회귀의 물약을 삼키기 5년 전에 있었던 사건이 담긴 영상이다.

'저때까지만 해도 괜찮은 길드를 이끌고 있었는데…….'

지금으로부터 5년 전, 강준혁은 20명의 길드원을 이끄는 길드장이었다. 그런데 말도 안 되는 놈들에게 배신을 당하며 길드원들이 모두 죽어 버렸다.

게임 속에서 사람이 죽는 게 말이 되냐고?

된다. 준혁이 배신당했던 2036년에는 게임 속에서 사람이 죽으면 현실 속 플레이어도 죽게 되어 있었다. 그만큼 이 게임이 일반적이지 않다는 뜻이었다.

스아아악!

준혁은 빠르게 흘러가는 영상을 바라보았다.

'그래, 맞아. 저 당시의 실패로 나는 죽음까지 생각했었어.'

아끼던 길드원들의 죽음과 그로 인한 죄책감 때문이었다.

끔찍한 트라우마에 시달리던 그 당시.

'저 사람이다!'

준혁은 과거의 영상에서 허름한 차림으로 사람들에게 회귀의 물약에 대해 떠들고 다니던 노인을 찾을 수 있었다.

'그래, 맞아. 나는 목숨을 포기하는 대신 저 사람의 말을 믿기로 했었어.'

준혁이 저 미친 사람을 믿었던 이유는 죽음보다 희망을 품길 원해서였다. 그렇기에 누구도 믿지 않았던 회귀의 물약의 존재를 믿었고, 5년이란 세월 동안 주야장천 강화 토끼만을 사냥한 거였다.

'그리고 결론적으로 성공한 거잖아?'

생각이 거기에 이르자 영상의 진행이 더욱 빨라졌다.

영상은 미래가 아닌 과거를 향해 흘러갔다.

영상이 엄청난 속도로 흘러가며 준혁의 시선이 어지러워졌다.

'으윽!'

갑작스러운 통증이 눈을 파고들었다.

'큭!'

준혁은 고통을 참지 못하고 그만 눈을 감았다. 그리고 세상이 사라지는 기분과 함께 또다시 정신을 잃고 말았다.

얼마의 시간이 흘렀을까?

준혁은 잠에서 깨는 느낌과 함께 눈을 떴다.

'음?'

아주 작은 방이었다. 그리고 그는 방의 중앙에 서 있었다.

'여기는 설마?'

눈에 익은 공간이었다.

'고시원이다.'

20대 초반을 함께했던 퀴퀴하고 허름한 공간.

그렇다는 건?

적어도 15~20년 전으로 회귀했다는 이야기일 거다.

"이게 정말이라고?"

준혁은 거울 앞으로 다가갔다. 거울에 비친 건 어리고 앳되어 보이는 얼굴이었다.

"진짜구나."

얼굴을 만져 보았다.

주름 하나 없이 탱탱한 피부.

그래, 이 얼굴을 분명하게 기억하고 있었다. 젊은 시절 자신의 얼굴이었으니 말이다.

부드러운 피부의 감촉과 생기 넘치는 호흡이 느껴졌다.

심장이 두근거리기 시작했다. 준혁은 후들거리는 다리를 안정시키기 위해 의자를 끌어다 앉았다.

혹시 환각 같은 건 아닐까? 아니면 금세 사라져 버리는 신기루 같은 거?

준혁은 기다렸다. 이 꿈 같은 일이 사라질지도 모른다는 두려움을 품속에 안은 채로.

그렇게 시간이 흘렀다.

30분… 1시간… 2시간.

준혁은 여전히 좁디좁은 고시원 방 안에 앉아 있었다.

'정말이구나.'

자리에서 일어나 벽에 달린 작은 창문으로 다가갔다.

드르륵!

그러고는 창문을 열어 밖을 바라보았다.

답답하게 시선을 막고 있는 반대편 건물이 시야에 들어왔다.

'저 칙칙한 건물!'

젊었던 시절의 아련한 풍경들을 어찌 잊을 수 있을까?

'이렇게 보니 하나같이 다 생각나네.'

과거가 눈앞에 있다는 건 분명한 현실을 직시하고 있다는 이야기였다.

그런 생각이 들자,

'나 정말 돌아왔구나.'

준혁은 울컥함을 느꼈다.

진짜다. 이건 정말 진짜였다!

'노인의 말도 사실이었고, 그 물약도 정말이었어!'

순간 복부 깊숙한 곳에서 뜨거운 희열감이 치솟아 올랐다.

준혁은 양 주먹을 굳게 쥐었다.

'무려 20년 전 과거로 거슬러 올라왔어!'

이 얼마나 기대하고 기대하던 순간인가?

지난 5년간 지겹도록 강화 토끼만을 사냥하며 하루도 빠짐없이 '내가 만약 과거로 돌아간다면'을 마음속으로 곱씹었다.

회귀 전 준혁의 나이는 43살이었다.

'그렇다면 오늘 날짜가······.'

준혁은 액정이 깨지고 코팅이 벗겨져 누군가에게 중고라고 내밀면 쓰레기라고 집어 던질 만큼 볼품없는 스마트폰을 들어 올렸다.

'어디 보자······.'

과거로 회귀한 오늘 날짜는 2021년 3월 1일 월요일이었다.

'이날로 돌아왔구나!'

준혁은 이날을 잊지 않고 있었다.

'그래, 맞아. 분명 오늘이야.'

오늘은 전 세계가 경악하게 될 바로 그날이다. 모두를 놀라게 할 그것이 인류 역사에 처음으로 등장하는 날이니까.

준혁은 시간부터 확인했다.

오전 11시 30분.

'한국 시각으로 저녁때쯤이었지?'

그것이 나타나려면 아직 시간이 남아 있었다.

✡ ✡ ✡

과거로의 회귀. 이런 엄청난 사건을 단숨에 받아들일 수 있는 사람이 얼마나 있을까?

준혁도 마찬가지였다. 지난 5년간 과거로 돌아가길 바라며 살아왔음에도 그것이 현실로 이뤄지자 미친 듯이 심장이 떨리는 건 어쩔 수 없는 일이었다.

준혁은 현실을 받아들이기 위해 고시원 책상 앞에 앉아 마음을 다잡았다.

전부는 아니었지만 시간을 들인 덕분에 서서히 현실을 받아들이기 시작했다.

'그래. 노인의 말처럼 과거로 돌아왔고, 인생이 새롭게 시작된 거야.'

준혁은 가방을 열어 노트를 꺼냈다.

무려 20년 전의 과거로 회귀했다. 젊었을 적이었기에 이 당시의 자잘한 일들이 그리 많이 생각나지는 않았다. 노트를 꺼내 메모를 시작한 이유였다.

'최대한 기억을 되살려야 한다.'

준혁은 기억이 나는 대로 자신의 과거이자 미래의 일들을 노트에 정리했다.

✡ ✡ ✡

준혁은 스마트폰을 들었다. 부모님께 전화를 드리기 위해서였다.

오늘을 기억하고 있는 데에는 또 다른 이유가 있었다. 바로 오늘이 시골에서 서울로 올라온 첫날이었기 때문이었다.

과거의 준혁은 2021년 2월에 군에서 제대했었다. 대학교 입시에서 떨어지고는 곧장 군대에 간 거였으니까.

제대 후 공무원이 되겠다는 일념 하나로 서울로 올라온 것이었다. 부모님은 그런 자신을 묵묵히 믿어 주신 고마운 분들이었다.

준혁은 그의 미래이자 과거의 나이인 38살에 부모님 두 분을 잃었다.

지금은?

과거로 돌아온 현시점에서 가장 행복함을 느끼는 이유가 바로 부모님이 살아 계신다는 거였다.

준혁은 집으로 전화를 걸었다.

뚜르르! 뚜르르!

이상하게도 신호음이 길게만 느껴졌다.

네 번째 신호음이 울린 다음이었다.

달칵-

(아, 여보세요.)

무려 15년 만에 다시 듣는 아버지의 음성이었다.

준혁은 조심스럽게 숨을 가다듬으며 말했다.

"아버지, 저예요, 준혁이."

(일찍도 전화헌다.)

"죄송해요. 짐 정리 하느라 늦었어요."

(엉뚱한 데로 빠진 거 아니고 고시원인가 뭔가에 잘 도

착한 거지?)

"네."

(그럼 됐다. 일 봐라.)

달칵-

전화가 끊겼다. 아버지는 무뚝뚝한 성격만큼 '용건만 간단히'를 몸소 실천하신 거였다.

그런데 무엇 때문이었을까?

"흐흐흑! 크흡! 흐흐흐흑……!"

아버지의 목소리를 듣고 나니 저도 모르게 눈물이 터져 나왔다.

'당신을 정말로 다시 뵙고 싶었는데, 이렇게 매정하게 전화를 끊으시다니.'

하지만 그게 무슨 상관이랴? 아버지 성격이 워낙 그런 걸 말이다. 준혁에게 중요한 건 그런 게 아니었다.

"아버지……. 흐흐흑! 살아 계셔서……. 흐흐흐흑! 감사합니다."

아버지와 어머니를 다시 만나 뵐 수 있다는 안도감이었다. 지금 준혁의 마음속을 울리고 있는 또 다른 뜨거움 말이다.

저녁 7시가 다 되어 가고 있었다.

'됐어.'

시간을 확인한 준혁은 스마트폰을 꺼내 뉴스를 확인했다.

'있다.'

역시나 그의 예상대로 포털 사이트에 대문짝만하게 속보가 찍혀 있었다.

준혁은 서둘러 속보를 확인했다.

화면을 장식하고 있는 건 미국 수도 워싱턴 상공에 나타난 거대한 무엇이었다. 그건 다름 아닌 외계 우주선이었다.

지구상 최초로 모습을 드러낸 외계 생명체의 증거!

'다행히 과거가 달라진 건 없구나!'

이전 삶과 다름없이 저 중요한 외계 우주선이 역사에 모습을 드러내는 순간이었다.

✡ ✡ ✡

우주선이 나타난 곳은 워싱턴만이 아니었다.

프랑스의 파리, 사우디아라비아의 리야드, 남아프리카 공화국의 프리토리아, 오스트레일리아의 캔버라와 브라질의 브라질리아, 마지막으로 한국의 수도 서울에까지. 총 7개국 수도에 우주선이 나타났다.

더욱 놀라운 건 이 모든 현상이 우주선이 최초로 나타난 이후로 대략 10여 분 만에 일어났다는 것이다.

눈으로 보고도 믿기지 않을 만큼 엄청난 일이었다. 인류 역사상 처음으로 외계의 존재가 공식적으로 인간 앞에 모습을 드러낸 순간이었다.

"꺅! 꺄악! 저게 뭐야?"

"저, 저기 봐! 우주선이야! 진짜 우주선이 나타났어!"

"어떻게 해? 외계인이 쳐들어왔나 봐!"

"이렇게 멸망인 건가? 난 아직 총각인데? 나이 30에 여자랑 손도 못 잡아 봤는데!"

준혁은 바깥에서 일어나고 있는 소란을 들을 수 있었다.

고시원은 물론 옆 건물과 길거리에서까지 사람들의 절규가 울려 퍼지고 있었다. 우주선을 발견한 많은 이들이 절망에 빠져 한탄하고 있는 소리였다.

사람들의 혼돈과 소란은 충분히 이해할 수 있었다. 모르긴 몰라도 이곳만 그런 건 아닐 터였다. 우주선이 보이는 곳은 물론 TV나 인터넷을 통해 이 놀라운 사실을 목격하고 있는 모든 사람이 저들처럼 공황 상태에 빠졌을 거다.

그러나 준혁은 놀라지 않았다.

피식!

'미래를 안다는 건 이래서 좋은 거구나.'

짧은 시간 동안 사람들은 지구가 망하기라도 할 것처럼 호들갑을 떨 거다. 길거리에선 사이렌이 울리고, 각 군부대에선 긴급하게 병력을 출동시키기도 했을 터였다.

하지만 그것도 잠시간의 이야기일 뿐, 준혁은 이런 사태가 오래가지 않을 거란 걸 분명하게 알고 있었다. 이미 회귀 전 삶을 살아 봤기에 아는 거였다.

'이제 곧 나오겠구나. 인류 역사에 남을, 우주선이 보내는 최초의 메시지.'

준혁은 스마트폰 화면에 시선을 고정했다. 그러자 화면이 갑자기 검은색으로 변했다.

준혁이 스마트폰을 조작한 게 아니었다. 우주선의 강제 조작이었다. 상상을 초월하는 기술력으로 지구상 모든 매체를 강제하고 있는 거였다. 그리고 그 이유는 메시지를 보내기 위함이었다.

치지직!

순간 화면이 검게 변함과 동시에 저들의 메시지가 떠올랐다.

「우리는 평화를 원한다.」

화면에 떠오른 건 단 한 문장일 뿐이었다.

지구의 모든 매체를 이용해 각 종족의 언어로 지구인들에게 보내는 평화의 메시지였다.

과연 이런 메시지 하나로 모든 이들이 충격에서 벗어날

수 있을까?

  결론부터 말하면 Yes. 우스운 이야기지만 저 메시지가 전파되고 난 이후 거짓말처럼 사람들은 빠르게 안정을 찾아 갔다.

✡ ✡ ✡

  준혁은 자신의 모든 기억을 가지고 과거로 돌아왔다. 그것도 무려 20년의 세월을 거슬러서 말이다.

  이 얼마나 대단한 일이란 말인가?

  준혁은 지구상 누구도 경험하지 못한 회귀라는 걸 실제로 해 버린 사람이다. 생각만으로도 주체할 수 없을 만큼 짜릿한 쾌감이 느껴질 정도였다.

  이런 기분 때문에라도 오늘 밤은 잠이 오지 않을 것 같았다. 잠시 침대에 누워 눈을 붙이기 전까지는 말이다.

  준혁은 침대에 누워 잠시 눈을 붙였다. 그리고 눈을 떴을 땐 다음 날 아침이었다.

  화들짝 놀라 잠에서 깼다.

  '뭐야? 내가 잠들었던 거야?'

  잠깐 생각을 정리하기 위해 침대에 누운 것이 어젯밤 11시였다.

그런데 어느새 날이 밝았다고?

'몇 시지?'

준혁은 스마트폰을 확인했다.

시간은 오전 7시였다. 무려 8시간 동안 깨지도 않고 잠을 잔 거였다.

'말도 안 돼!'

자리에서 일어나 몸을 움직여 보았다. 거짓말처럼 모든 게 가볍게 느껴졌다.

'설마 숙면을 취해서?'

준혁은 입고 있던 상의를 벗었다. 그러고는 좁은 고시원에 걸린 작은 거울을 바라보았다.

건강한 이들보다는 조금 더 살이 찐, 그저 평범한 육체였다.

'달라진 건 없는 것 같은데?'

혹시라도 고전 영화 스파이더맨처럼 '자고 일어나니 근육맨으로 변해 있었다!'라는 기대를 했지만 그런 일은 일어나지 않았다.

그렇다고 실망할 이유가 있을까?

'아니지. 난 이미 과거로 회귀했다는 사실 하나만으로도 특별한 사람이 되었는데.'

그래, 그거면 된 거다.

회귀한 이후 새로운 아침이 밝았다.

'어디 즐거운 아침 세상을 구경해 볼까?'

준혁은 흡족한 마음으로 고시원 방을 나섰다.

✡ ✡ ✡

고시원의 옥상이었다. 도심 쪽은 출근 인파로 붐볐고, 학원가는 새벽부터 강의를 들으려는 학생들로 넘쳐 났다.
2021년 3월 대한민국 서울, 노량진의 아침 모습이었다.
"흐음……."
준혁은 고개를 들어 하늘 위에 떠 있는 거대한 우주선을 바라보았다.
우주선은 직사각형 모양이었다.
'세상이 이리도 잠잠하다니, 참 웃기지?'
어제는 인류 최초로 외계인의 존재가 밝혀진 날이었다. 정상적인 상황이라면 전 세계가 발칵 뒤집어졌어야 했다.
하지만,
"너 어제 뉴스 봤어?"
"뭐? 저 우주선에 대해서?"
"응."
"봤지. 처음엔 어찌나 놀랐던지. 하지만 그랬잖아. 저들은 평화를 바란다고."
"맞아. 그랬어. 그 메시지를 보고 나니 신기하게도 나는 물론 우리 가족들까지도 모두 안심했지 뭐야."

"호호호! 우리 가족도 마찬가지야. 평화를 사랑하는 외계인, 정말 멋지지 않아? 참! 그런데 너 어제 드라마 봤어?"
"우리 집에 새엄마가 다섯이다?"
"그래, 그래."
"봤지, 봤지! 한채란 너무 예쁘지 않아?"
"예뻐, 예뻐! 완전 예뻐 죽겠어! 깔깔깔!"

길거리를 지나가는 사람들은 외계의 존재에 대해 조금도 심각하게 생각하고 있지 않았다.

"이거야 원."

준혁은 뻘쭘한 기분이었다.

외계의 존재가 각기 다른 나라, 총 7개 도시에 버젓이 모습을 드러냈다. 그럼에도 이런 사실을 심각하게 생각하는 이가 하나 없다니?

준혁은 스마트폰을 꺼내 포털 사이트에 올라온 뉴스들을 꼼꼼하게 살폈다.

역시나 인터넷 뉴스에서도 외계 우주선의 등장을 그다지 비중 있게 다루고 있지 않았다. 마치 우주선의 존재가 당연하다는 것처럼 말이다.

"흐으음……."

절로 고개가 흔들어졌다. 그러다 문득 든 생각이 있었다.

'하기야 나도 과거에는 그렇게 생각했었지.'

정말 우스운 일이었다. 과거의 준혁 또한 보통 사람들처

림 우주선의 등장을 심각하게 생각하지 않았으니까. 그런데 지금은 이런 것들이 심각하게 느껴지고 있었다.

대체 무엇 때문이었을까?

그렇게 생각하자 또 다른 생각이 머리를 스치고 지나갔다.

'집단 지성'.

'그래! 맞아!'

어제 우주선이 전 세계를 향해 전송한 메시지 안에는 인간의 집단 지성을 교란하는 전파가 포함된 것 같았다.

그런 생각과 함께,

'세상에! 내가 이런 걸 깨닫다니!'

준혁은 온몸에 소름을 느꼈다.

뭐랄까? 태양이 지구를 중심으로 돌고 있다고 믿고 있던 시절에 지구가 태양 주변을 돈다고 주창했던 갈릴레오 갈릴레이가 된 기분이랄까?

'그래도 지구는 돈다!'

고개를 들어 다시금 우주선을 쳐다봤다.

대체 무엇 때문에 자신만 이런 걸 깨달을 수 있는 걸까? 다른 사람들은 전혀 알아채지도 못하고 있는데 말이다.

나만 특별해서? 아니면 자신만 과거로 돌아와서?

이건 마치 같은 영화를 두 번 보고 나서야 이전에 못 느꼈던 부분을 알게 되는 것과 같은 이치였다.

'이거야 원……'

준혁은 무서운 눈으로 외계 우주선과 서울 시내를 번갈아 쳐다봤다.

'수상한 점이 한둘이 아니네.'

한 번 의심하게 되니 여러 가지 의문점이 달궈진 프라이팬 위의 팝콘처럼 마구 튀어 오르기 시작했다.

하지만 그건 어디까지나 어려운 질문들일 뿐이었다.

'아오! 머리만 아프네.'

고민만 한다고 해서 얻을 수 있는 건 아무것도 없었다.

그렇다면 이럴 땐?

머리가 답답할 땐 몸을 움직여 주는 게 좋았다.

과거 잘나갈 때만 해도 강준혁은 자신감이 넘쳤고, 승승장구했으며, 액션 배우 같은 몸을 가지고 있었다.

하지만 지금은?

볼품없는 몸매, 볼록 튀어나온 뱃살, 23살 청년임에도 불구하고 아저씨 같은 체형이다. 오히려 미래에 잘나가던 시절의 몸이 그리울 지경이었다.

'흐음……. 아니지.'

준혁은 고개를 흔들었다.

'지금 내게 지나간 옛 노래는 의미가 없다!'

인생이 리셋되어 시작되었다. 그렇다는 건 모든 걸 새롭게 만들어 갈 수 있다는 의미였다.

'새로 시작한 삶인데 이런 모습으론 살 수 없지!'

물렁살이 잡히는 몸을 한차례 흔든 준혁은 옥상을 둘러보았다. 고맙게도 아령과 덤벨, 그리고 허술하긴 하지만 벤치 프레스 같은 것들이 옥상 한편에 놓여 있었다.

고시원 주인아저씨가 고시생들을 배려해 만들어 놓은 미니 헬스장이었다. 물론 이용하는 사람은 없었다.

'하지만 이번 삶에선 내가 이용자가 되어 주마!'

양팔을 흔들며 가볍게 스트레칭을 시작한 준혁은 무리하지 않게 조심히 아침 운동을 시작했다.

✡ ✡ ✡

회귀한 이후로 4일이 지났다.

지난 4일간 준혁은 고시원에서 운동과 명상을 하며 몸과 마음을 수련했다. 그리고 이 모든 건 한 가지 목표를 이루기 위함이었다.

'이제 곧 발표하겠지?'

준혁은 스마트폰을 꺼내 들었다.

과거로 돌아온 지금, 앞으로 20년간 벌어질 일들의 커다란 윤곽을 알고 있다는 건 그야말로 짜릿한 쾌감이었다.

'와라! 새로운 세상아!'

2021년 3월 5일 금요일 오후 3시, 역사적인 발표가 인터넷 포털을 뜨겁게 달구기 시작했다. 그리고 그건 다름 아닌 가상현실 게임의 발매 소식이었다.

'아카식 월드'.

'코스모스'라는 이름의 회사가 금요일 오후에 발표한 내용이었다. 그리고 그건 지금까지 존재하지 않았던 완벽한 가상현실을 구현한 최초의 게임이었다.

〈현실과 다를 바 없는 최초의 가상현실 온라인 게임 발매!〉
〈중세시대를 기반으로 한 환상적인 판타지 세계!〉
〈당신이 상상하는 모든 것을 실현해 줄 진정한 가상현실!〉

조용했던 금요일 오후는 갑작스러운 게임 발매 소식으로 시끄러워졌다. 세계 최초로 발표된 가상현실 게임이 엄청난 파급력을 보여 주고 있는 거였다.

실시간 검색어가 미친 듯이 치고 올라왔다.

'아카식 월드'는 순식간에 실시간 검색어 1위를 차지했고, 그와 관련된 연관 검색어들이 나머지 순위를 차지해 버렸다.

특히나 모두를 놀라게 한 건 게임 회사에서 '아카식 월드'의 접속 장치를 일부분 무상으로 배포하겠다고 발표한 거였다.

파격적이다. 그리고 압도적이었다. 마치 전 세계인 앞에 우주선이 등장했을 때처럼 말이다.

'아카식 월드'의 발표는 또 한 번 전 세계인들을 충격의 도가니로 몰아넣었다. 물론 준혁만 빼고 말이다.

'드디어 나오는구나!'

준혁은 '아카식 월드'의 접속기 배포 날짜를 확인했다.

'내일이구나.'

여전히 준혁의 과거는 달라진 점이 하나도 없었다. 이 얼마나 기쁜 소식인가?

'아카식 월드'는 모든 면에서 지구인들의 생활 방식을 바꿔 놓게 된다. 바로 '아카식 월드'가 돈이 되기 때문이었다.

게임에서 성공하면 현실에서도 부자가 될 수 있다. 이 얼마나 멋진 게임이란 말인가?

조만간 '아카식 월드'는 모든 사람에게 사랑받는 게임이 될 거다.

더군다나 '아카식 월드'에서는 게임 머니인 가상 화폐 '케넌-캐시'를 얻을 수도 있다.

현재 가상 화폐 시장에서 독보적인 위치를 차지하고 있는 건 바로 '케넌-캐시'였다. 2020년부터 사용되기 시작한 케넌-캐시는 한때 가상 화폐 시장을 떠들썩하게 만들었던 비트코인의 위세를 완전히 꺾었다.

케넌-캐시는 현재 현금처럼 사용되고 있었다.

그런 케넌-캐시를 게임 속 몬스터를 사냥해 얻을 수 있다! 현실보다 더 현실 같은 게임 세계를 즐기며 말이다. 많은 지구인이 게임에 현혹되고, '아카식 월드'가 단번에 세계 최고의 게임이 된 이유였다.

'아카식 월드'는 돈이 된다. 그것도 자잘하게 몇 푼을 버는 게 아닌 엄청난 돈을 벌 수 있는 게임이다.

한 사람이 게임으로 조 단위의 돈을 벌 수 있을까?

결론부터 말하면 '아카식 월드'에선 조 단위의 돈도 벌 수 있었다. 이 얼마나 심장이 두근거리는 말인가?

준혁은 주먹을 굳게 쥐었다.

이전 삶에선 한 번의 실수로 모든 걸 잃었다. 하지만 이번 삶은 다르다.

실패하지 않는 삶을 살 거다. 그리고 세상의 주인이 되기 위해 미친 듯이 노력할 거다. 그것이 바로 이번 삶의 목표였다.

✡ ✡ ✡

다음 날 아침.

새벽같이 외출했던 준혁은 작은 상자를 하나 들고 고시원으로 돌아왔다.

손에 들고 있는 상자를 확인했다.

황금빛으로 빛나고 있는 상자에는 '아카식 월드 접속 장치'라는 아름다운 글자가 적혀 있었다.

즉, 준혁이 들고 온 건 다름 아닌 외계 존재가 서비스하는 게임의 접속 장치였다.

제2장

레드 존

2021년 3월 6일 토요일.
준혁은 새벽같이 고시원을 나섰다.
'으으! 찬바람이 뼛속까지 파고 들어오는 것 같네!'
 영하 2도의 날씨가 피부로 느껴지는 얼음장 같은 새벽이었다. 아직은 따스한 이불 속이 그립기만 한 시간이었다.
'가자!'
 마음을 북돋워 게으름을 떨구었다. 그러고는 곧장 명동으로 향했다.
 강준혁이 새벽 일찍 일어난 이유는 단순했다. 오늘부터 무료로 배포되는 '아카식 월드'의 접속 장치를 받기 위함이었다.

아카식 월드 접속 장치는 앞으로 10일간 전 세계에 걸쳐 5천만 대가 무료로 배포될 예정. 하루 동안 전 세계에 풀리게 될 접속 장치의 숫자는 총 5백만 대다.

무료 배포는 오직 10일간만이다. 그 이후부터는 접속 장치 한 대당 대략 5~6백만 원 정도의 가격에 정식 판매가 시작될 터였다.

'과거엔 나도 뒤늦게 아카식 월드 접속기를 구매했었지.'

아마도 그때 돈을 주고 산 접속 장치의 가격이 570만 원이었을 거다. 그 돈을 모으기 위해 공사판을 전전했던 과거를 생생하게 기억하고 있었으니까.

'하지만 이번엔 다르다!'

준혁은 양 주먹을 굳게 쥐었다.

미래를 알고 있으니 과거처럼 무료 배포 시기를 놓치는 우를 범할 순 없었다. 또한 그러기 위해 이렇게 새벽같이 길을 나서는 거고 말이다.

'내가 첫 번째 무료 배포 장비의 주인이 되어 주마.'

준혁은 짜릿함에 미소 지었다.

역시 미래를 안다는 건 최고의 즐거움인 것 같았다.

지하철에서 내려 거리로 나섰다.

토요일 아침이었기에 아직은 한산한 명동 거리였다. 하지만 오후가 되면 '아카식 월드' 접속 장치를 받기 위해 수많은 인파가 몰리게 된다. 그리고 그 이유는 이곳이 아직은 그 어디에도 발표되지 않은 '아카식 월드' 접속 장치의 무료 배포 장소였기 때문이었다.

코스모스사는 '아카식 월드' 접속 장치의 배포 날짜만을 공지했을 뿐이었다. 그리고 그건 전 세계 공통이었다.

접속 장치를 무료로 배포하지만 배포 장소는 알려 주지 않는다.

이유는 설명하지 않았다. 단지 나중에 이런 배포 방식이 문제가 되자 코스모스사가 나서서 한 해명이라고는 '이 모든 것이 이벤트를 위한 것'이라는 단순한 공지뿐.

많은 이가 불만과 안타까움을 토로하긴 했지만 접속 장치를 무상 배포하는 쪽이 코스모스사였기에 이걸로 문제 삼기는 어려운 부분이었다.

어쨌든!

지금 중요한 건 그게 아니었다.

'내가 집중해야 할 건 오직 접속기 배포 장소일 뿐!'

준혁은 시선을 돌려 목표한 건물을 찾았다. 그러자 ZB 건물이 시야에 들어왔다.

'저기다!'

다른 건 기억하지 못한다 해도 이것만큼은 명확하게 기

억하고 있었다.

대한민국에서 '아카식 월드' 접속 장치를 제일 처음 배포한 장소, 그곳은 바로 명동의 ZB 건물이었다. 이건 과거, 이날 온종일 인터넷을 도배한 뉴스 덕분에 알고 있는 거였다.

'이날 우리나라에 배포된 무료 접속 장치가 대략 5만 대 정도 되었지?'

준혁은 시간을 확인했다.

오전 6시 57분. 7시가 되면 깜짝 이벤트와 함께 무료 배포가 시작될 터였다.

'좋아!'

준혁은 ZB 건물로 향했다.

6시 58분.

6시 59분.

오전 7시!

시간을 맞추기 위해 천천히 걸음을 옮겨 ZB 건물 앞에 도착했다.

그러자,

드르륵-

건물 1층 매장이 열렸다.

그러고는,

빰빠라밤!

웅장한 팡파르 소리와 함께 게임 캐릭터처럼 가슴 위쪽

이 훤하게 드러나 보이는 브이넥 니트와 짧은 치마를 입은 소녀가 건물에서 뛰어나오며 소리쳤다. 그것도 바로 준혁의 앞에서!

"지금부터! 아카식 월드 접속 장치의 무료 배포를 시작합니다!"

"어어?"

짐짓 놀란 척하며 소녀를 바라보았다. 그러자 소녀가 준혁을 쳐다보며 말했다.

"어머! 오늘 첫 행운을 얻어 갈 손님이신가요?"

미래를 알고 있는 사람이 이럴 땐 어떤 행동을 취해야 할까? 처음부터 이런 사실을 알고 있었다는 듯 당당하게? 아니면 근엄한 표정으로 얼른 접속 장치를 달라며 으름장을 놓아야 할까?

정답은 간단했다.

"이게 정말 그건가요? 아카식 월드 접속 장치 무료 배포?"

준혁은 마치 아무것도 몰랐던 사람처럼 연기했다. 물론 자연스럽지는 않았을 터였다.

하지만,

"호호호! 맞아요. 손님, 어떠세요? 대한민국 최초의 행운아가 되시겠습니까?"

이벤트를 진행하는 소녀는 준혁의 어색함을 전혀 신경 쓰지 않았다. 당연히 그녀는 준혁의 회귀를 의심하지도 않을 거고, 또한 오늘 아침 이곳에서 접속 장치를 나누어 준다는 사실을 알았다는 것도 몰랐을 테니까.

준혁은 최대한 어색함을 털어 내며 말했다.

"네? 아, 네. 그럴게요."

"정말 축하해요! 대한민국 최초의 행운아님! 아니, 어쩌면 세계 최초의 행운아일지도 모르겠네요!"

소녀가 눈을 찡긋하며 매장 직원이 들고 나온 황금빛 상자를 건네주었다.

준혁은 손을 뻗어 황금빛 상자를 집어 들었다.

'다르다.'

과거 준혁이 돈을 주고 샀던 '아카식 월드'의 접속 장치 상자는 이것처럼 황금빛이 아니었다.

'그땐 분명 검은색 상자였는데.'

그런데 이건 황금빛 상자라고?

문득 이것이 무료 배포를 위한 이벤트용 상자가 아닐까 싶은 생각이 들기도 했다.

그러는 사이,

"저기 봐! 아카식 월드다!"

"뭐야? 설마! 여기가 무료 배포 장소야?"

"세상에! 엄마한테 욕 들어 먹으면서 밤새 술 마신 보람이 있구나!"

"가자! 받으러 가자!"

어느새 주변으로 몰려든 사람들이 너도나도 무료 접속 장치를 받기 위해 아우성쳤다.

'이대로 있다가는 사람들 틈에 껴서 곤란해지겠다.'

준혁은 서둘러 옆쪽으로 빠져나왔다. 물론 그러면서도 이벤트 소녀와 매장 직원이 나눠 주는 무료 배포용 접속 장치를 놓치지 않았다.

'다르잖아?'

사람들이 받고 있는 무료 배포용 접속 장치의 상자 색깔은 맨 처음으로 접속 장치를 받은 준혁과는 전혀 달랐다.

준혁의 접속 장치 상자가 금색이었다면 그 이후로 나누어 주고 있는 상자의 색깔은 붉은색이었다.

뭘까? 대체 뭐가 다른 걸까?

'굳이 여기서 고민할 필요는 없지.'

그렇게 생각한 준혁은 서둘러 고시원으로 향했다.

✡ ✡ ✡

준혁은 아카식 월드 접속 장치를 들고 고시원으로 돌아왔다.

방으로 들어와 문을 잠갔다. 그러고는 의자에 앉아 접속 장치 상자를 책상 위에 올려놓았다.

준혁이 받아 온 무료 접속 장치 상자는 황금색이었다.

'회귀 전에도 이런 게 있었다는 건 들어 보지 못했는데……'
혹시나 하는 마음이었다. 준혁은 스마트폰을 꺼내 무료로 배포된 접속 장치 관련 내용을 찾아보았다.

〈대한민국 최초 무료 접속 장치 언박싱!〉
〈엄마의 등짝 스매싱과 바꾼 나의 행운!〉
〈인기 네프리카 BJ의 아카식 월드 무료 접속 장치 입수기〉

무료 배포가 시작된 지 얼마 되지 않은 시점이었지만 벌써부터 동영상 사이트와 각종 블로그에 무료 배포된 접속 장치 관련 동영상과 사진이 올라오기 시작했다.
'어디 보자.'
준혁은 빠르게 정보들을 검색했다. 그러고는 발 빠르게 올려진 여러 개의 동영상과 사진 속 상자들을 확인했다.
하나같이 붉은색 상자뿐이었다.
'황금색은 없다 이건가?'
준혁은 명확하게 확인하기 위해 외국 동영상 사이트도 검색해 보았다.
아카식 월드 접속 장치의 배포는 전 세계에서 같은 시간대에 진행한 이벤트였다. 그렇기에 미국과 유럽, 그리고 아시아의 여러 나라에서도 무료로 배포된 접속 장치와 관련된 내용이 검색되었다.

하지만 역시나 그 어디에도 황금빛 상자는 보이지 않았다.

'뭔가 특별한 것이 있는 걸까?'

저도 모를 기대감이 들었다.

아까 이벤트를 진행하던 소녀도 말하지 않았던가? 자신이 전 세계 최초의 행운아일지도 모른다고 말이다.

'아니지.'

고개를 흔들었다.

아직 확인되지 않은 사실로 쓸데없는 상상의 나래를 펼치고 싶지는 않았다.

'일단은 접속 장치를 확인해 보자.'

준혁은 조심스럽게 상자를 열었다. 그러자 스티로폼에 둘러싸인 접속 장치가 보였다.

안에 든 내용물을 꺼내 책상 위에 펼쳤다.

내용물은 간단했다. 접속 장치와 무선 충전 장치.

준혁은 접속 장치를 집어 들었다.

접속 장치는 머리띠와 비슷한 모양이었는데, 정수리와 후두부를 지나가는 총 3개의 선으로 이루어진 머리띠였다.

어떤 이는 이걸 헬멧 모양에 비유하기도 했다. 얼핏 보면 미식축구 선수들이 쓰는 헬멧이 연상되기도 했기 때문이었다.

분명한 건 헬멧이라기보단 머리띠에 가까운 금속 장치라는 것.

준혁은 접속 장치를 꼼꼼하게 살폈다. 다른 이들과는 다르게 황금빛 상자에서 나온 접속 장치다.

'뭐야? 다른 게 없잖아?'

문제라면 지금 보고 있는 접속 장치가 그의 기대와는 달리 회귀 전에 사용했던 접속 장치와 똑같이 생겼다는 것.

혹시라도 뭔가 엄청난 혜택이 있을 줄 알았는데…….

'그러면 그렇지.'

살짝 실망감이 들었다.

'하지만 뭐, 그래도 접속 장치를 공짜로 얻은 거잖아?'

준혁은 시간을 확인했다.

오전 9시, 지금쯤 명동은 접속 장치를 받고 싶어 하는 사람들이 몰려들어 인산인해를 이루고 있을 터였다.

접속 장치를 들었다. 보고 있으니 저도 모르게 기분이 좋아졌다.

'생각해 보면 지금 사는 삶 그 자체가 나에겐 특혜나 마찬가지지.'

준혁은 모든 게 행복하고 만족스러울 따름이었다.

✡ ✡ ✡

오늘 하루 사람들 입에 오르내리고 있는 말들은 단연 '아카식 월드'와 관련된 이야기였다.

운 좋게 접속 장치를 받은 사람들에 대한 부러움이었다. 또한 이면에 존재하는 시기와 질투도 넘쳐 났다.

재밌는 건 이런 분위기가 준혁이 머물고 있는 고시원에서도 나타나고 있다는 거였다.

저녁을 먹기 위해 고시원의 좁은 식당으로 내려가자 사람들이 떠드는 소리가 들렸다.

"게임에 미친 놈들도 아니고, 온종일 이게 뭐 하는 짓들이야?"

"그러게요. 이 추운 날씨에 길거리에 죽치고 앉아서 바보처럼 저러고들 있네요."

"제 옆방에 오타쿠 하나 있잖아요. 그 오타쿠도 뉴스 뜨자마자 저기로 갔대요."

"으휴……. 저럴 시간에 문제집이라도 하나 더 풀지."

준혁은 모른 척하며 저녁을 먹었다. 요 며칠 고시원에서 알고 지낸 사람들의 이야기를 들어 줄 뿐이었다.

당연한 거지만 저들에게 접속 장치에 대한 말은 하지 않았다. 회귀 전에도 고시원 사람들과는 그다지 친하게 지내지 않았으니까.

지금도 그저 지나가며 인사나 하는 수준에 불과한 사람들이다. 그런 사람들에게 쓸데없는 정보를 줄 필요는 없었다.

준혁은 저녁을 먹고 방으로 돌아왔다.

문부터 잠갔다. 그러고는 허리를 숙여 책상 아래, 회귀한 이후 준비해 두었던 나무 상자로 다가갔다.

주머니에 넣어 두었던 열쇠를 꺼내 상자의 자물쇠를 풀었다. 그러자 상자 안에서 충전 중인 아카식 월드의 접속 장치가 시야에 들어왔다.

준혁은 충전이 끝난 접속 장치를 집어 들었다.

시간을 확인했다.

오후 6시 50분.

대망의 '아카식 월드' 서버 오픈은 대한민국 시각으로 2021년 3월 6일 오후 7시로 예정되어 있었다.

'이제 얼마 남지 않았구나.'

준혁은 침대에 걸터앉았다. 그러고는 접속 장치를 머리에 썼다.

그러자,

티릭- 티리릭-

짤막한 전기 자극이 느껴졌다.

접속 방법은 간단했다. 어디든 몸을 안전하게 할 수 있는 장소에서 접속 장치의 오른쪽에 있는 버튼을 누르면 끝.

준혁은 침대에 누웠다. 그러고는 손을 뻗어 접속 버튼을 눌렀다.

그와 동시에 나른한 기분이 들었다. 게임 안으로 접속된 거였다.

✡ ✡ ✡

 눈앞에 글자가 표시되었다.

 [아카식 월드에 오신 걸 환영합니다. 아카식 월드는…….]

 회귀 전에도 봤었던 게임에 대한 소개와 세계관에 관한 이야기들.

 준혁은 속으로 생각했다.

 '넘어가기.'

 그러자 게임에 대한 설명이 사라지고 게임 캐릭터에 대한 소개가 시작되었다.

 역시나.

 '넘어가기.'

 필요 없는 부분들은 빨리빨리 넘겼다. 굳이 시간 낭비를 할 필요는 없었으니까.

 자잘한 내용을 넘기자 본격적인 캐릭터 생성이 시작되었다.

 [캐릭터의 이름을 정해 주세요.]

 준혁은 고민하지 않았다. 이미 회귀 전에 사용하고 있던 이름이 있었으니까.

 '렉스.'

 속으로 생각하자,

 [렉스 님, 환영합니다. 지금부터 렉스 님의 육체를 스캔

하여 캐릭터를 생성합니다.]

시스템이 빠르게 준혁의 캐릭터를 생성했다.

참고로 아카식 월드는 초기 캐릭터의 외형을 마음대로 고를 수 없었다. 오직 시스템에 의해 만들어진 외형이 주어질 뿐.

물론 이렇게 만들어진 캐릭터는 현실의 모습과 달랐다. 오히려 현실 육체보다 훨씬 잘생기고 멋지게 만들어 줬다. 그렇기에 사용자들의 불만은 그리 많지 않았다.

[캐릭터 생성이 끝났습니다. 시작 지점을 골라 주세요.]

메시지와 함께 드넓은 아카식 월드의 지도가 눈앞에 펼쳐졌다.

준혁은 고민하지 않고 생각했다.

'트라웰 왕국의 아벤 방어성.'

그러자,

[시작 지점이 정해졌습니다. 그럼 게임을 시작합니다.]

곧바로 게임이 시작되었다.

✡ ✡ ✡

시야가 열리며 게임 속으로 들어왔다. 그와 동시에 상당한 활력이 느껴졌다.

누구든 아카식 월드에 접속하면 가장 먼저 느끼게 되는

변화였다. 오직 아카식 월드에서만 맛볼 수 있는 완벽한 신체 상태를 말이다.

이건 건강한 사람은 물론 몸이 아프거나 나이를 먹고 무력감에 빠진 사람들에게도 공통으로 적용되는 효과다.

단지 게임에 접속하는 것만으로도 건장한 10대 후반의 소년, 소녀처럼 폭발적인 에너지를 느낄 수 있는 거였다. 이것이 바로 아카식 월드만의 매력이었다.

준혁은 몸을 움직여 보았다. 지구의 일반적인 사람보다 조금 더 강한 힘이 느껴졌다.

아카식 월드에서 기본적으로 제공하는 육체는 지구의 평균적인 격투기 선수 정도의 신체다.

생생한 현실처럼 느껴지는 게임, 그와 더불어 주어지는 강인한 캐릭터. 어떤 이가 이런 게임을 싫어할 수 있을까?

'이제부터 시작이구나.'

물론 준혁은 아쉬움을 느꼈다. 그리고 그 이유는 이 모든 것이 예전에 거쳐 갔던 과정들이기 때문이다.

과거로 회귀하기 전, 준혁은 상당한 수준의 레벨까지 도달했던 전사 캐릭터를 가지고 있었다.

주먹질 한 번으로 바위를 부수고, 간단한 도약으로 먼 거리까지 다다를 수 있는 캐릭터.

비록 회귀 5년 전에 있었던 사건으로 모든 걸 빼앗긴 준혁이었지만 슈퍼 히어로의 힘을 가진 기본 캐릭터만큼은 그의 것이었다.

그런데 지금은?

"흐음······."

준혁은 자신의 몸을 움직여 보았다.

쉭! 쉭쉭! 타다닥!

주먹을 내질러 보고, 빠르게 달렸다. 그러자 초라함이 느껴졌다.

예전과 비교하면 지금은 한없이 여리게만 보이는 어린아이와 같은 육체다.

'과거로 회귀했으니 당연한 거겠지.'

이건 마치 엄청나게 높은 레벨의 캐릭터를 삭제하고 게임을 새롭게 시작하는 것과 같다. 상대적으로 모든 게 답답하다는 소리다.

하지만 우습게도 그런 것들이 나쁘다는 생각이 들지 않았다. 아니, 오히려 심장이 두근거리며 기대감이 불타올랐다.

모든 것이 새롭게 시작되었다. 그와 동시에 준혁 앞에는 수많은 기회가 놓여 있었다.

미래를 알고 있는 사람이 사는 과거야말로 가장 달콤한 인생 아니겠는가?

'움직이자!'

짤막한 감상을 끝낸 준혁은 시작 지점을 벗어났다. 그러자 불투명한 보호막이 사라지며 게임 세상이 눈앞에 펼쳐졌다.

"빨리 움직여!"

"게으른 놈은 용서하지 않는다! 꾸물대는 놈은 이 채찍으로 등가죽을 벗겨 주마!"

"전투! 아니면 죽음뿐이다!"

검과 창을 든 지휘관과 병사들이 오후의 햇살에 눈이 녹아 진창이 된 거리를 뛰어다니고 있었다.

이곳은 아카식 월드의 시작 지점 중 하나이자 가장 척박한 땅인 트라웰 왕국의 아벤 방어성이었다.

현재 아카식 월드의 시작 지점은 이곳 아벤 방어성을 포함해 총 다섯 곳이었다. 그리고 그중 네 곳은 모두 화려한 수도와 멋들어진 도시들이었다. 오직 이곳, 아벤 방어성만이 허름하고 지저분해 보이는 시작 지점일 뿐이었다.

준혁은 고개를 들어 주변을 둘러보았다. 누군가로부터 공격을 받았는지 성벽 여기저기에 커다란 흠집이 나 있었다.

시선을 돌려 성벽을 수리하기 위해 여기저기 매달려 있는 수리공들을 바라보았다. 수리공은 다름 아닌 오크들이었다.

재밌지 않은가? 투박하고 무식하게 생긴 오크들이 성벽을 수리하기 위해 단단한 줄에 매달려 있는 모습이라니 말이다.

피식!

준혁은 미소를 지으며 방어성 안쪽으로 향했다.

이곳은 인간과 오크가 연합 전선을 이루고 있는 유일한 장소였다. 그리고 그 이유는 경계선 너머에서 호시탐탐 침략을 노리고 있는 다르칸 종족 때문이었다.

즉, 아벤 방어성은 게임이 시작된 현시점에서 가장 활발한 전쟁이 펼쳐지고 있는 장소란 뜻이다. 또한 준혁이 이 장소를 시작 지점으로 정한 강력한 이유였다.

지구 방식으로 말하면 아카식 월드는 오늘 정식 오픈한 게임이다. 그와 동시에 오늘 하루에만 5백만 명의 이용자가 게임에 접속했다.

준혁이 빠르게 게임 속으로 들어와서 그렇지, 시간이 조금 지나면 이곳 아벤 방어성을 제외한 나머지 시작 지점들은 유저들로 북적거리게 될 터였다.

'그거야말로 끔찍한 상황이지.'

아카식 월드는 지구의 MMORPG와 유사한 시스템을 가지고 있었다.

그것이 외계 존재들의 의도인지는 모른다. 하지만 분명한 건 그들이 창조한 가상현실 온라인 게임은 분명 지구인들에게 친숙한 느낌이란 거였다.

심지어 서버 오픈 첫날 모든 시작 지점이 북적이는 것까지!

오늘부터 당분간 아벤 방어성을 제외한 나머지 시작 지점에는 유저들이 엄청나게 몰리며 아비규환을 연출하게 될 터였다. 그리고 그 이유는 초반 레벨 업을 위한 저레벨 몬스터를 사냥하기 위함이었다.

'사람 많은 건 딱 질색이야!'

준혁은 몸서리를 쳤다. 한때 저레벨을 벗어나기 위해 지겹도록 묶여 있던 초보 사냥터가 떠올랐기 때문이다.

물론 레벨을 올리는 방식이 사냥에만 있는 건 아니었다. 각 왕국은 물론 도시에 사는 각종 NPC가 제공하는 퀘스트들까지, 아카식 월드는 상당히 다양한 콘텐츠를 제공하는 게임이다. 그렇기에 여러 방식으로 레벨을 올릴 방도를 마련할 수 있었다.

하지만 그럼에도 사람들이 지옥 같은 사냥터에 매달리는 이유는 레벨을 올리는 가장 빠른 방법이 사냥이기 때문이었다. 온종일 퀘스트를 해결하기 위해 뛰어다니는 것보다 레벨에 맞는 몬스터를 사냥하는 게 최고의 방법인 것이다.

준혁은 질퍽거리는 거리를 걸어 낡은 천막 앞에 도착했다. 그러자 덩치 큰 오크 한 마리가 천막의 문에 해당하는 천을 들어 올리며 말했다.

"오우! 그대는 모험가?"

뭐랄까? 상당히 여성적인 감성을 지닌 디자이너가 여성적인 몸짓으로 말하는 느낌이라고 해야 할까?

'이놈은 아무리 봐도 수놈인데…….'

준혁은 온몸에서 돋아나는 닭살을 털어 내며 말했다.

"그렇소."

그러자 오크가 엉덩이를 실룩거리며 말했다.

"오호오! 이게 얼마 만에 보는 모험가야? 요즘 같은 때도 아벤 성을 방문하는 모험가가 있다니? 일단 들어와요."

준혁은 오크를 따라 천막으로 들어섰다. 그러면서 녀석의 머리를 확인했다.

머리 위에 떠 있는 오크의 이름.

'캄푸차이.'

아벤 성에서 모험가 지원 업무를 맡은 오크의 이름이었다.

천막 안으로 들어선 캄푸차이가 낡은 책상 앞에 멈췄다. 그러고는 준혁을 돌아보며 말했다.

"그래, 내가 뭘 도와줄까요?"

"초보 모험가 지원 세트. 그걸 받으러 왔소."

"오호……."

준혁의 말에 캄푸차이가 날카로운 이빨을 드러내며 웃었다. 섬뜩해 보이는 모습이었다.

하지만 준혁은 알고 있었다. 저것이 인간 종족과 협력하며 살아가고 있는 카데나 오크 종족의 가장 선해 보이는 얼굴이라는 것을 말이다.

'카데나 오크 종족을 모르는 사람이 봤다면 캄푸차이의 미소 한 방에 곧장 무기를 꺼내 들었겠지?'

선입견은 좋지 못한 고정관념이다. 그런 걸 버려야 누군가의 진심을 볼 수 있는 법이다.

미소를 거둬들인 캄푸차이가 말했다.

"당신은 용감한 모험가군요. 우리 카데나 오크들은 전투를 사랑하는 종족. 전투를 원하는 모험가라면 지원을 아끼지 않지요."

말을 끝낸 캄푸차이가 책상 아래에 있던 나무 상자를 꺼내 준혁에게 내밀었다.

준혁도 손을 뻗었다.

그러자,

띠링!

[초보 모험가 지원 세트를 획득했습니다.]

간단한 안내 문구와 함께 초보 모험가 지원 세트가 인벤토리로 자동 입수되었다.

'좋았어!'

준혁은 속으로 쾌재를 불렀다.

5개의 시작 지점을 통틀어 '초보 모험가 지원 세트'를 제공하는 유일한 시작 지점, 그곳은 다름 아닌 아벤 방어성뿐이었다.

캄푸차이와 작별 인사를 한 준혁은 천막을 벗어나 밖으로 나왔다.

'어디 보자.'

아카식 월드의 정보창들은 직관적인 디자인으로 이루어져 있었다. 즉, 많은 MMORPG의 화면처럼 눈앞에 게임과 관련된 정보를 띄우고 있다는 거였다.

가장 중요한 건 생명력과 마나였다. 그리고 그건 시선의 왼쪽 위에 표시되어 있었다.

또한 기본으로 제공되는 미니맵과 몬스터의 정보는 오른쪽 위에 있었다. 이런 식으로 게임과 관련된 정보가 투명창처럼 눈앞에 표시되는 거였다.

그 밖의 여러 가지 정보들도 있었다.

스킬 관련 정보나 퀘스트, 혹은 파티 상태와 관련된 정보도 상시 표시로 바꿀 수 있었다. 즉, 사용자가 마음대로 눈앞의 정보창들을 정렬할 수 있다는 거였다.

준혁은 다른 정보창들을 모두 지웠다. 시선은 깔끔한 게 제일 좋으니 말이다.

생명력과 마나, 그리고 몬스터에 대한 정보만 남겨 두었다.

중요한 건 생명력이다. 그리고 이런 생명력과 마나에 영향을 주는 건 상태창이었다.

'간편 상태창.'

속으로 외치자 눈앞에 준혁의 상태가 나열되었다.

렉스 / 모험가 / 레벨:1 / 경험치:0퍼센트
생명력:1,000 마나:1,000
전투력:10 방어력:10

준혁은 고개를 끄덕였다.

이건 캐릭터의 기본 상태창이다. 여기서 상세 상태창을 열면 여러 가지 복잡한, 힘이나 민첩, 지력 등의 상태가 표시되지만 지금 당장 신경 쓸 일은 아니었다.

'인벤토리.'

이번엔 물품을 넣어 두는 보관창을 열었다. 그러자 캄푸차이에게 받은 상자가 보였다.

상자를 여는 건 간단했다. 눈으로 쳐다보고 결정만 하면 되는 거다.

'오픈.'

속으로 외치자,

띠링!

[초보 모험가의 검과 초보 모험가의 방어구 세트를 얻었습니다. 착용하시겠습니까?]

눈앞에 안내 메시지가 떴다.

'허락.'

준혁의 결심과 동시에 간편한 복장 차림이었던 그의 몸에 가죽 방어구 세트가 착용되었다.

방어구 세트는 가죽 갑옷과 가죽 장갑, 그리고 가죽 부츠, 마지막으로 가죽 투구로 이루어져 있었다.

챙!

초보 모험가용 검을 뽑아 보았다. 로마 군단의 주 무기였던 글라디우스다.

'초보 세트치곤 나쁘지 않은걸?'

준혁은 다시금 기본 상태창을 불렀다.

렉스 / 모험가 / 레벨:1 / 경험치:0퍼센트

생명력:1,000 마나:1,000

전투력:130 방어력:90

전투력은 120이 올랐고, 방어력은 80이 올랐다.

"후훗!"

이걸 보고 있자니 절로 웃음이 나왔다.

아카식 월드는 유저에게 상당히 불친절한 게임이다. 그렇기에 다른 지역에서 시작한 유저들은 나무 막대기 하나

조차 갖지 못하고 시작해야 했다.

그런데 자신은?

스윽!

준혁은 글라디우스를 들어 올렸다.

손안에서 느껴지는 검의 생생한 질감.

이 얼마나 멋진 혜택이란 말인가?

준혁의 앞에 놓인 건 가장 쾌적한 사냥터, 그리고 유일하게 지급하는 초보 모험가 지원 세트였다. 이런 장점만으로도 유저들이 시작 지점으로 아벤 방어성을 선택할 이유는 충분했다.

그런데 대체 무엇 때문에 유저들이 아벤 방어성을 시작 지점으로 선택하지 않느냐고?

이유는 간단했다. 바로 아벤 방어성 밖이 모두 레드 존이기 때문이었다.

레드 존이 뭐냐고?

레드 존은 게임에서의 사망이 실제 유저의 사망으로 이어지는 무시무시한 위험 지대였다.

✡ ✡ ✡

아카식 월드는 레드 존이 존재하는 게임이었다. 게임 속 사망이 실제 유저의 사망으로 이어지는 말도 안 되는 장소가 실존하는 게임 말이다.

 당연한 말이지만 이 부분은 미래에도 논란거리로 남아 있었다.

 그렇다고 해서 각국 정부가 게임을 규제하기라도 할까?

 결론은 'NO'였다.

 앞으로의 미래, 사망자가 속출하는 가운데에도 '아카식 월드'는 굳건히 게임을 서비스했고, 유저들은 불만 없이 게임을 즐겼다.

 재밌는 현상이었다.

 "흐음……."

 준혁은 고개를 흔들며 과거의 논란들을 지웠다. 지금 당장 도움이 되는 생각은 아니었으니까. 그에게 중요한 건 곧 만나게 될 레드 존의 몬스터들이었다.

 '유저들이 비단 목숨의 위협 하나 때문에 이곳에 오지 않는 건 아니지.'

 아벤 방어성 근처의 몬스터들은 기본적으로 50 이상의 레벨을 가지고 있었다.

 무려 50레벨!

 그 때문에라도 초보 모험가에겐 어울리지 않는 사냥터가 바로 이곳이다.

 하지만 준혁은 신경 쓰지 않았다. 아니, 오히려 앞으로 치를 전투로 인해 흥분된다고 해야 할까?

그는 당당한 걸음으로 성문 쪽으로 향했다. 그러자 준혁을 발견한 병사들이 헛웃음을 치며 말했다.

"어라? 저건 뭐야? 웬 시체 가방이 걸어 다니고 있는데?"

"어디? 뭐가? 어어? 진짜네? 시체 가방이 걸어 다닌다."

"그런데 저 시체 가방이 어디로 가는 거야?"

"성을 벗어나려 하나 본데?"

"저 미친놈. 무슨 자살을 저런 방식으로 해?"

사냥터로 향하는 준혁을 향해 병사들의 조롱이 쏟아졌다.

병사들이 말하는 시체 가방은 준혁을 두고 하는 말이다. 곧 죽게 될 모험가라는 의미다.

준혁은 저들의 말을 귀담아듣지 않았다.

이곳은 오직 능력 하나만으로 인정받는 세상이다. 초보 모험가를 길거리의 벌레만큼도 생각하지 않는 아벤 성의 병사들이었기에 이건 어쩌면 당연한 반응일 터였다.

'블랙-카삭스에게 복수하기 위해선 빠르게 성장해야 한다!'

이미 독하게 마음먹고 게임에 들어왔다.

준혁은 자신을 조롱하는 병사들에게 미소를 보여 주며 성 밖으로 발을 뻗었다.

그러자,

띠링!

[레드 존으로 들어섭니다. 이곳에서 목숨을 잃으면 현실에서도 죽습니다. 그래도 들어가시겠습니까?]

안내문과 함께 머릿속에 죽음에 대한 공포가 그려졌다.

죽음에 대한 두려움, 그리고 목숨을 소중히 하라는 따스한 느낌까지. 레드 존에 대한 가장 강력한 경고를 안내문과 함께 이미지로 보여 준 거였다.

하지만 그럼에도,

'수락.'

준혁은 물러서지 않았다.

띠링!

[다시 한 번 묻습니다. 재고해 주세요. 이곳에서의 죽음은 현실에서의 죽음입니다. 그래도 들어가시겠습니까?]

'그렇다니까.'

띠링!

[당신은 레드 존을 선택하셨습니다. 앞으로 벌어질 일들은 모두 당신이 감당해야 할 일들입니다. 동의하시면 레드 존 입장이 가능합니다.]

'동의.'

마지막 질문까지 수락하고 나자 준혁의 앞을 가로막고 있던 투명 장막이 사라졌다.

챙!

'가자!'

글라디우스를 뽑아 든 준혁은 당당한 걸음으로 레드 존에 들어섰다.

아벤 성의 안전지대를 벗어나자 온몸의 신경이 곤두섰다.
'변함없구나!'
준혁은 글라디우스의 손잡이를 강하게 쥐었다.
오직 레드 존에 들어서야만 느낄 수 있는 강렬한 느낌!
몸의 근육이 전투를 위해 적당히 긴장한 거였다.
시야는 밝아지고, 촉각은 생생해졌다. 미친 듯이 분비되고 있는 아드레날린 덕분이었다. 레드 존에 들어선 유저가 공황 상태에 빠지지 말라는 버프 현상이었다.
일명 레드 존 효과.
그리고 또 하나.
띠링!

[렉스 님께서는 레드 존에 들어섰습니다. 그로 인해 통각 시스템이 조절됩니다.]

[통각 일치율:1퍼센트 → 40퍼센트로 변환]

준혁은 고개를 끄덕였다.

통각 일치율. 이건 게임 속에서 유저가 받는 고통을 조절하는 시스템이다.

아카식 월드는 엄연히 게임이다. 그렇기에 유저가 몬스터한테 공격당했다고 해서 고통을 느끼거나 통증에 시달려서는 안 되는 거였다.

즉, 통각 일치율 1퍼센트의 의미는 전투 중 누군가 나를 때리거나 치고 있는지를 알게 해 주는 역할이었다. 이건 일종의 최소한의 느낌을 살려 두기 위한 장치였다.

하지만 그건 어디까지나 유저들이 안전하게 사냥할 수 있는 그린 존에서나 통하는 이야기다.

레드 존은 완전히 달랐다. 그로 인해 변화되는 통각 일치율은 무려 40퍼센트!

몬스터가 나를 깨물면 고통이 전달된다. 섬뜩한 검과 날카로운 창이 몸을 꿰뚫어도 그 고통이 유저에게 전달된다.

비록 60퍼센트의 통각이 감소하여 전달된다고는 하지만 날카로운 창에 찔리거나 섬뜩한 검에 썰리는 느낌은 그야말로 최악이었다.

즐기려고 하는 게임에서 이런 끔찍한 통증과 고통을 감

당하려는 유저가 얼마나 되겠는가? 이 또한 유저들이 한동안 레드 존을 꺼리게 되는 이유 중 하나였다.

'하지만 나에겐 이 모든 게 행운이지.'

준혁은 미소 지으며 주변을 둘러보았다.

크흐! 크흐으! 카으르르!

징그럽고 끔찍하게 생긴 몬스터들이 사방에 퍼져 있었다.

저놈들의 레벨은 최소 50 이상이었다.

더군다나 레드 존의 몬스터들은 대부분 선공 몬스터다.

직접 공격하지 않아도 적을 발견하면 먼저 공격하는 게 바로 선공 몬스터였다. 자칫 저놈들의 공격 범위 안으로 들어갔다가는 그대로 인생 로그아웃이다.

'오늘 안으로 인.실.조를 당할 놈들이 몇 놈 나오긴 할 거다.'

인.실.조(인생은 실전이야, 조그만 친구).

여기서 조그만 친구란 키가 작다는 의미가 아니라 인생을 덜 살았거나 철이 없음을 의미하는 거였다. 즉, 철없는 아이처럼 세상 무서운 줄 모르고 덤벼들었다가 호되게 당하는 이들이 나올 거라는 이야기다.

준혁은 지난 일을 떠올렸다.

회귀하기 전 과거, 과거의 오늘. 운 좋게 무료 접속기를 얻은 이들이 신이 나서 게임에 접속한 지 5시간이 흐른 후의 이야기다.

그 당시 겁을 상실한 몇몇 유저가 레드 존에 도전했었다.

인파가 넘치는 사냥터가 싫다는 이유로.

유일하게 혜택을 주는 아벤 성이 좋아 보인다는 이유로.

그리고 위험한 일에 도전해 보고 싶다는 이유로.

세상은 넓고, 미친놈은 많다. 그렇게 레드 존에 도전한 미친놈들은 모두 이곳 게임 안에서 죽었다.

비록 20년 전 사건이었음에도 불구하고 준혁이 이 사건을 기억하고 있는 이유는 온 세상을 떠들썩하게 했던 뉴스였기 때문이었다.

〈아카식 월드에서 첫 사망자 발생!〉

전 세계인이 관심을 가질 만한 뉴스였다.

'그 덕분에 내가 기억하는 거긴 하지만.'

서둘러 과거의 회상에서 빠져나왔다. 그러고는 어슬렁거리며 들판을 돌아다니고 있는 몬스터들을 노려봤다.

지금 당장 저놈들과 싸울 생각은 없었다. 아무리 모험가용 초보 세트를 장착했다 해도 1레벨의 초보가 50레벨 이상의 몬스터에게 상대될 리 없을 테니까.

대신 준혁이 노리는 건 이곳에서 20분가량 떨어진 장소였다. 초보에겐 그야말로 오아시스 같은 사냥터가 있었다.

그곳에 가기 위해선 이 지역을 벗어나야 한다. 그리고 그 방법은 당연하게도 두 발을 이용해야 하는 거였다.

들판 위에 득실득실한 몬스터들을 헤치고 걸어가야 한다.

그게 가능할까?

안타깝게도 아무리 조심한다 해도 어디를 가든 눈에 보이는 지역을 벗어나긴 어려웠다. 틈을 벌리지 않은 채 돌아다니고 있는 몬스터들 때문에 말이다.

그렇다면 이곳을 벗어날 방법이 아예 없는 걸까?

'그건 아니지.'

방법을 떠올린 준혁은 회심의 미소를 지었다.

이곳은 레드 존이다. 그리고 게임이 시작된 지도 어느덧 30분이 훌쩍 지나가고 있었다. 지금쯤이면 아카식 월드의 기본 정보를 숙지한 유저들이 이곳 세상에 하나둘 모습을 드러내기 시작했을 터였다.

'꾸물대지 말자.'

정신을 바짝 차린 준혁은 세심하게 바닥을 확인했다.

아벤 방어성을 벗어난 주변 지역은 잔디처럼 짧은 겨울 잡초들이 자란 지역이었다.

그중에서 준혁이 찾고 있는 건,

'저기 있다!'

다름 아닌 겨울 식물 아센초였다.

아센초는 잡초 중 하나이자 이곳 서쪽 끝자락에만 서식하는 독특한 식물이었다.

준혁은 아센초가 있는 곳으로 다가갔다.

마치 민들레 홀씨처럼 생긴 붉은색의 둥근 홀씨 덩어리를 매달고 있는 잡초가 바로 아센초다.

그는 자리에 쭈그리고 앉았다. 그러자 양다리 아래로 붉은색 아센초가 보였다.

'추출!'

속으로 생각하자,

띠링!

[식물 추출 기능이 생성됩니다.]

[식물 추출을 시작합니다.]

안내 문장과 함께 아센초의 위에서 1에서 100까지 숫자가 올라갔다. 추출 중임을 알려 주고 있는 거다.

숫자가 100에서 멈추자 다시금 알람이 울렸다.

띠링!

[아센초 1개를 추출하였습니다.]

[식물 추출로 인한 특정 식물 인식 기능을 얻었습니다.]

'됐어!'

준혁은 속으로 쾌재를 불렀다.

식물 추출과 식물 인식 기능을 익혔다.

이건 아카식 월드의 기본 스킬 중 하나다. 그렇기에 누구나 특정 식물로 다가가 얻을 수 있는 능력이다.

기본 스킬.

준혁이 쾌재를 부른 건 기본 스킬을 얻어서라기보단 그런 기본 스킬로 할 수 있는 일이 있었기 때문이었다.

그리고 그건,

'아센초 인식 활성!'

들판에 널려 있는 아센초를 인식하기 위함이었다.

띠링!

[아센초 식물 인식 기능이 활성화됩니다.]

메시지를 확인한 준혁은 자리에서 일어나 들판을 바라보았다. 그러자 길처럼 구불구불하게, 그러나 듬성듬성 뻗어 있는 아센초들이 빛을 발하고 있는 모습이 시야에 들어왔다.

평소에는 일반 식물처럼 보이지만 '인식 기능 스킬'을 사용하면 해당 식물이 전구처럼 반짝이게 보인다. 원하는 식물을 빨리 찾아내 추출할 수 있게 도와주는 헬퍼 시스템이다.

이제부터가 중요하다.

"후아!"

크게 숨을 내뱉은 준혁은 반짝이는 아센초를 따라 조심스럽게 걸었다.

쿠우! 크허어어!

양옆으로 흉측한 몬스터들이 보였다. 괜스레 놈들이 이쪽으로 다가올까 싶어 머리털이 쭈뼛쭈뼛 서기도 했다.

하지만 다행히도 놈들은 적정한 거리를 벌린 채 준혁에

게 다가오지 않았다.

 왜? 준혁이 무서워서?

 아니다. 놈들이 오지 않는 건 준혁 때문이 아닌 바로 아센초 때문이었다.

 인간은 맡지 못하지만 이곳 아벤성 근처에 서식하는 몬스터들은 맡을 수 있는 냄새가 있었다. 아센초는 이곳 지역에 서식하는 몬스터들이 극도로 싫어하는 냄새를 풍기는 식물이기 때문이었다.

✡ ✡ ✡

 과거.

 아센초의 효능이 알려진 건 게임이 시작되고 딱 6개월이 지난 시점이었다.

 그걸 알아낸 사람은 캘리포니아의 용전사라는 캐릭명을 사용하는 유저였다.

 그는 자신이 알아낸 내용을 인터넷 게시판에 올렸다. 아벤 성 근처에 서식하는, 몬스터들이 싫어하는 아센초라는 식물에 대해서 말이다.

 그와 더불어 또 다른 정보를 올렸는데, 그게 바로 아센초를 따라가면 나타나는 숨겨진 초보 사냥터였다.

 그 이후로 캘리포니아의 용전사가 올린 게시물은 엄청

난 화제가 되었다.

물론 그 당시는 유저들의 레벨이 50을 훨씬 넘어선 시점이었다. 그렇기에 아벤 방어성 근처의 초보 사냥터에 대한 정보는 그다지 유용한 것이 아니었다.

하지만 그럼에도 캘리포니아의 용전사가 알아낸 내용이 화제가 된 건 바로 예전의 비트코인 같은 경우였다.

'만약 내가 이 사실을 과거에 알았다면 정말 빨리 레벨업을 했을 텐데!'
'아! 나 혼자만 이걸 알고 과거로 돌아갔으면 좋겠다!'

상당히 많은 유저들이 이런 사실을 입에 올리며 아쉬워했었다.

모두가 아쉬워했던 정보다. 판타지 소설처럼 머릿속에 그려 보았던 꿈같은 이야기들 말이다.
'하지만 그것이 현실이 되었습니다!'
남들이 미친 듯이 바라고 바랐던 일은 미래의 지식을 가진 채 과거로 돌아가는 것이었다. 그리고 그 꿈을 이룬 건 다름 아닌 준혁이었다.

준혁은 위험하고 또 위험한 필드를 아무 일 없이 지나쳤다.
아카식 월드의 기본 지도에는 몬스터에 관한 정보도 실

려 있었다.

[50레벨에서 60레벨 사이의 몬스터 서식지]

[60레벨에서 70레벨 사이의 몬스터 서식지]

레벨만 봐도 몸서리가 쳐질 만큼 무시무시한 놈들이다.

하지만 준혁은 당당한 걸음으로 살벌한 몬스터들을 지나쳤다.

그렇게 20여 분을 걸어갔다. 그러자 드디어 신세계가 눈앞에 펼쳐졌다.

'여기다! 여기가 바로 숨겨진 초보 사냥터다!'

시야에 펼쳐진 장소는 마치 분화구처럼 아래쪽으로 움푹 파인 지대였다.

꽤 넓은 지역이었다. 거기에 마치 골프장처럼 푸른 초원이 잘 깔려 있기도 했다.

하지만 무엇보다 눈에 들어오는 건 초원 위를 뛰노는 엄청난 수의 몬스터들이었다.

보라! 저 아름다운 저렙 몬스터들을!

뭐랄까? 소복하게 쌓인 눈 위에 첫발자국을 남기는 기분이라고 해야 할까?

준혁은 짜릿함을 느꼈다.

어느 누가 이리도 위험한 레드 존 한가운데에 초보 사냥터가 있다고 상상이나 했겠는가?

미래의 정보를 알지 못하면 결코 얻을 수 없는 혜택이다.

그것도 아니라면 정말 운이 좋아 아센초의 효능을 알아채야 하지만 그런 일이 있었다는 건 들어 본 적이 없었다.

준혁은 전방을 바라보았다.

'여기야말로 물 반, 몬스터 반인 장소구나!'

2레벨짜리 오염된 흡혈 사슴들이 세상 무서운 줄 모르고 폴짝폴짝 뛰어다니고 있었다. 그리고 자신이 이곳 사냥터의 왕이라도 된다는 듯 7레벨짜리 오염된 이빨 늑대들이 거드름을 피우고 있기도 했다.

만만한 몬스터들을 보고 있자니 피가 끓어올랐다.

'사냥을 시작해 볼까?'

준혁은 가장 먼저 1레벨의 오염된 건방진 너구리에게 다가갔다.

너구리 주제에 1미터에 가까운 크기를 가진 몬스터다.

검을 들어 올리며 심호흡과 함께 전투 자세를 취했다.

준혁은 온몸의 근육을 긴장시켰다. 직접 공격기를 사용하기 위해서였다.

직접 공격기! 이건 일반적인 것과는 다른 개념이었다.

아카식 월드에선 '기본 공격기'를 제공한다. 즉, 전투 자세를 취한 채로 기본 공격기를 사용하면 몸이 알아서 공격 기술을 사용한다. 마치 모바일 게임의 자동 사냥 기능처럼 말이다.

매우 현명한 사냥 방식이었다.

특정한 이들을 빼고 현대 사회를 살아가는 인간이 생생한 현실 같은 가상현실 게임에 들어와서 동물이나 몬스터를 사냥할 수 있을까? 아무리 날카로운 검을 쥐여 준다고 해도 말이다.

비록 사냥 중에 피가 나거나 잔인한 장면이 연출되지는 않지만 그렇다고 해도 현실 같은 몬스터를 자신 있게 사냥할 사람은 얼마 되지 않았다.

그 덕분에 많은 이들이 기본 공격기를 애용하게 되었다. 아카식 월드가 게임인 이유이고, 게임을 즐기는 이들이 부담 없이 사냥할 수 있는 이유였다.

기본 공격기를 사용하면 몸이 알아서 움직여 준다. 이 얼마나 간편한 방법인가?

그러나 기본 공격기에는 단점이 있었다. 직접 공격기를 사용하는 유저보다 반응 속도나 스킬의 콤보 사용이 늦다는 거였다.

'하지만 내가 직접 공격기를 사용하는 이유가 비단 그것만은 아니지!'

준혁은 이곳으로 오면서 설정창으로 들어가 공격 설정을 직접 공격기로 변경했다. 바로 추가 경험치 때문이었다.

직접 공격기를 사용하면 기본 공격기를 사용하는 유저보다 10퍼센트의 추가 경험치를 얻을 수 있다. 이게 별것 아닌 것처럼 보여도 나중에 경험치가 쌓이다 보면 굉장한 효과를 내게 된다.

더군다나 준혁은 회귀 전 모든 사냥을 직접 공격기로 익힌 유저였다.

몬스터를 눈앞에 두고 있자 회귀 전 익히고 있었던 공격기들이 어렴풋이 떠올랐다. 하지만 안타깝게도 지금은 사용할 수 없는 것들이었다.

레벨이 낮은 건 물론이고 전직 및 특성이 달라 사용할 수 없는 공격기다. 그렇기에 지금은 가장 단순한 공격 방식을 사용할 뿐이다.

준혁은 검을 들어 올렸다. 그리고는 바닥을 박차 올라 건방진 자세로 다리를 떨고 있는 너구리를 내려쳤다.

'너구리 한 마리 두들겨 패고 가세요!'

쉬익- 파박!

키엑!

불시에 습격을 당한 너구리가 화들짝 놀라며 날카로운 손톱을 들어 올렸다.

하지만,

"흐압!"

촤악!

준혁의 연속 공격이 한발 더 빨랐다.

케에엑!

단 두 번의 공격뿐이었다. 그리고 그걸로 끝이었다.

번쩍이는 공격과 함께 생명력이 사라지며 너구리가 바닥에 널브러졌다.

그와 동시에,

파아악!

준혁의 몸에서 하얀빛이 터져 나왔다.

띠링!

[축하합니다. 레벨이 올랐습니다.]

[축하합니다. 레벨이 올랐습니다.]

'좋았어!'

준혁은 다시 한 번 속으로 쾌재를 불렀다.

단 한 번의 사냥으로 2레벨이 올랐다. 이것이야말로 레드 존의 매력이었다.

레드 존에선 그린 존의 2~3배에 달하는 경험치를 획득할 수 있었다. 그리고 그것이 바로 목숨값이다.

기분 좋은 짜릿함을 느낀 준혁은 검을 회수하며 죽은 너구리 옆으로 다가갔다.

그때였다.

'음? 뭐지?'

점점 회색빛으로 변하는 너구리 옆에 상자가 떨어져 있었다. 상자의 이름은 '최초인의 보상-무작위 상자'였다.

'최초인의 보상? 무작위 상자? 이게 대체 뭐지?'

궁금증을 느낀 준혁은 서둘러 손을 뻗었다.

✡ ✡ ✡

 허리를 숙일 필요는 없었다. 단지 손을 뻗는 동작 하나만으로도 아이템을 입수할 수 있으니까. 게임의 편의 기능 중 하나였다.
 띠링!
 [최초인의 보상-무작위 상자 1을 획득하였습니다.]
 준혁은 인벤토리를 열어 오염된 건방진 너구리가 떨군 '최초인의 보상-무작위 상자'를 확인했다.
 '최초인의 보상이라……'
 저 문장을 보고 있자니 저도 모르게 심장이 두근거리기 시작했다.
 '설마?'
 오늘 새벽 명동의 ZB 건물에서 받아 온 건 황금빛 상자였다.
 이벤트 소녀가 말했듯 황금빛 상자는 어쩌면 전 세계인 최초로 접속기를 받은 것에 대한 보상일지도 몰랐다.
 '그것도 아니면 나라마다 존재하는 첫 이벤트 당첨자를 위한 건지도 모르고.'
 일단 그걸 아는 방법은 없었다. 하지만 그게 뭐가 그리 중요할까?
 '지금 당장 중요한 건 내가 최초인이라는 듣도 보도 못한

혜택을 얻었다는 거지!'

최초인이라는 단어는 듣기만 해도 기분이 좋아지는 단어다.

'어디 보자.'

준혁은 시선을 옮겼다. 그러고는 '최초인의 보상-무작위 상자'의 설명창을 열었다.

[최초인의 보상-무작위 상자]

황금빛 접속기를 얻은 플레이어에게 주어지는 사냥 선물. 몬스터 종류와 상관없이 사냥을 통해 특정 확률로 무작위 상자를 얻을 수 있습니다.

(무작위 상자에 대해 알고 싶으면 '상세히'를 누르세요.)

굳이 손을 뻗어 '상세히'를 누를 필요는 없었다.

'상세히.'

마음속으로 결정하면 선택이 자동으로 이루어지기 때문이었다.

눈앞에 떠 있는 글자가 바뀌며 다음 설명이 이어졌다.

[무작위 상자]

등급에 상관없이 유저가 착용할 수 있는 모든 무기와 방어구, 필드에서 얻을 수 있는 모든 종류의 아이템이 무작위로 나오는 상자입니다.

"우옷!"

설명을 확인한 준혁은 저도 모르게 소리쳤다.

'등급에 상관없이' 무엇이든 나올 수 있는 상자!

이 문장이 전해 주는 사실만으로도 흥분이 올라오기에는 충분했다.

'지금까지 이런 혜택은 한 번도 본 적이 없었는데……'

만약 이 상자를 통해 전설급 무기라도 하나 얻게 된다면?

그야말로 필! 드! 정! 복!

생각만으로도 짜릿함이 느껴졌다.

회귀 전 준혁은 아카식 월드에 'A~D등급 무기 무작위 상자'나 'S~B등급 방어구 무작위 상자' 같은 상점용 아이템들이 있음을 알고 있었다. 무작위 상자는 아카식 월드 내에서 도박과 비슷한 개념으로 판매되었으니까.

더군다나 상점용 무작위 상자는 S등급까지의 제한이 있었다. 그렇다는 건 유물급이나 전설급 같은 무기나 방어구를 얻지는 못한다는 이야기다.

하지만 지금 필드에 드롭된 '무작위 상자'는 등급에 제한이 없는, 그야말로 아름다운 혜택을 주는 선물 상자였다.

'이런 혜택이라면 언제든지 환영이지!'

기분 좋게 미소 지은 준혁은 두근거리는 마음으로 무작

위 상자를 바라보았다.

과연 무엇이 나올까?

'개봉!'

마음속으로 결정을 내리자 상자 개봉이 시작되었다.

두두두둥!

긴장감 넘치는 효과음이 울린 후였다. 눈앞에서 무작위 상자가 형태를 달리하며 변신하는 그래픽 효과를 보이더니 이내 밝은 빛과 함께 박스가 열렸다.

짜잔!

[B등급의 판금 투구 1개를 얻었습니다.]

'오오!'

준혁은 동그래진 눈으로 판금 투구를 확인했다.

[판금 투구]
등급:B등급 / Lv.1 / 승급률:0퍼센트
방어력:550
내구도:150/150

고작 3레벨 유저에게 B등급 아이템은 그야말로 최고의 선물이었다.

아벤 방어성에서 받은 초보 모험가용 가죽 투구는 D등급이다. 거기에 방어력이 20으로, 판금 투구와 비교하면 터무니없이 약한 방어구라는 의미였다.

'좋구나!'

게임을 시작하자마자 구하기 어려운 B등급 투구를 얻은 준혁은 곧장 투구를 바꿔 썼다. 그러고는 상태창을 열어 변화된 방어력을 확인했다.

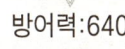

방어력:640

90이었던 방어력이 레벨 업 효과로 110이 되었다가 투구를 바꿔 쓰며 640이라는 어마어마한 방어력으로 변한 거였다.

'평균 20레벨대의 방어력 수준이야.'

이 정도 방어력이라면 6~7레벨 차이가 나는 몬스터의 공격에도 충분히 버틸 수 있는 수준이다.

물론 무리할 필요는 없었다.

더군다나 이곳은 목숨이 걸려 있는 레드 존 사냥터다. 굳이 애를 쓰지 않아도 이곳 초보 사냥터에선 아무 문제 없이 레벨을 올릴 수 있을 터였다.

'사냥하는 맛이 쏠쏠하겠는걸?'

더 높은 등급의 무기나 방어구를 얻지 못한 것에 대한 아쉬움 따위는 없었다. 지금 얻은 혜택만으로도 만족감은 충분했으니까.

준혁은 글라디우스를 고쳐 잡았다.

'레벨 업만이 살길이다!'

필드에 나와서 허튼짓은 사치일 뿐이다.

사냥이다!

'레벨을 올리고 강자가 되어 아카식 월드를 장악해 주자.'

결심을 굳힌 준혁은,

"흐압!"

곧장 몬스터를 향해 달려나갔다.

"차압!"

키에-

파바박!

날카로운 공격!

처음 게임에 접속한 사람이라고는 보기 어려울 정도로 숙련된 몸짓이었다.

그 덕분이었는지 몬스터들이 빠르게 회색빛으로 변하며 준혁에게 경험치를 선사했다.

준혁의 사냥이 이어지면서,

띠링!

[축하합니다. 레벨이 올랐습니다.]

띠링!

[축하합니다. 레벨이 올랐습니다.]

그의 레벨도 빠르게 올라가고 있었다.

그렇게 사냥을 시작한 지도 어느덧 2시간이 흘렀다.

"후우!"

크게 숨을 내뱉은 준혁은 초보 사냥터의 끝 쪽으로 이동했다. 1레벨의 오염된 건방진 너구리들이 건방지게 걸어 다니고 있는 지역이었다.

이곳은 현재 준혁에겐 가장 안전한 피난처였다.

자리에 앉았다. 그러자 절반 가까이 줄어들었던 생명력이 서서히 차오르기 시작했다.

"으흠……."

피곤함이 느껴졌다.

오늘은 가상현실 게임을 처음으로 경험하는 날이다. 아직 준혁의 몸이 게임에 적응하지 못하고 있다는 소리였다.

'피로도.'

속으로 생각하자 눈앞에 피로도 그래프가 표시되었다.

[렉스 님의 육체 피로도는 77퍼센트입니다.]

[게임 지속 가능 시간:50분]

아카식 월드에서는 게임 지속 가능 시간이 존재했다. 그리고 그건 인간의 육체 상태를 고려한 안전장치이기도 했다.

전기적 자극을 이용해 가상현실을 경험하는 만큼 뇌가 느끼는 부담감도 클 수밖에 없었다.

물론 미래로 가면 사람들이 이런 자극에 무뎌지기 시작한다. 하루 20시간 이상도 접속이 가능한 것이다.

'하지만 그렇게 했다간 현실의 몸이 점점 망가지기도 하겠지.'

아카식 월드 접속 장치가 비록 외계 존재의 기술로 만들어지긴 했지만 그렇다고 해서 인간의 생리 현상까지 해결해 주는 건 아니었다. 그렇기에 소변이 마렵거나 배가 고픈 현상 같은 것들은 현실로 나가 해결하는 수밖에 없었다.

'나도 슬슬 오늘 사냥을 끝내야겠지?'

준혁은 자신의 상태를 확인했다.

렉스 / 모험가 / 레벨:8 / 경험치:47퍼센트

생명력:1,700 마나:1,140

전투력:200 방어력:690

얼마 되지 않는 시간 동안의 사냥으로 무려 7레벨이나 올렸다. 그것도 서버 오픈 첫날에!

'아마 전 세계를 통틀어 나만큼 빨리 레벨을 올린 사람은 없겠지?'

수두룩하게 몰려든 유저들 덕분에 다른 지역의 사냥터들

은 이미 포화 상태였다. 그로 인해 아카식 월드의 오픈 첫날 제대로 레벨을 올린 사람은 얼마 되지 않았을 터였다.

'오늘만큼은 나 혼자만 광속 레벨 업이구나!'

인생 치트키를 쓰고 있는 듯한 즐거움이 느껴졌다. 이건 그 자체만으로도 행복한 일이었다.

사냥을 마무리하는 입장이다. 그렇기에 인벤토리를 열어 오늘 수확한 것들을 확인했다.

아카식 월드에서 기본적으로 사용되는 돈의 단위는 금화와 은화였다. 여느 게임들처럼 몬스터를 사냥하면 얻을 수 있는 돈이다.

기본적으로 몬스터를 사냥하면 금화와 은화가 자동으로 인벤토리로 들어온다. 즉, 몬스터가 죽으며 땅 위에 떨어뜨리는 아이템은 특수 아이템이라는 뜻이었다.

'대략 사냥으로 벌어들인 돈이…….'

준혁은 금화를 확인했다.

[2금화 22은화]

오늘 하루 동안 사냥으로 번 돈이었다.
이건 기본적인 거니까.
크게 기쁘지는 않았다.
준혁은 다른 아이템을 확인했다.

'으흐흐!'

보기만 해도 웃음이 나오는 바로 그것!

[최초인의 보상-무작위 상자]

오늘 사냥을 통해 얻은 무작위 상자는 총 3개다. 그중 1개는 개봉해서 B등급 투구를 얻기도 했다. 남은 건 2개였다.

'이건 이따 열어 봐야지.'

뭐든 확인하기 전이 가장 기분 좋은 법이었다.

준혁은 시선을 돌렸다. 그의 눈에 들어온 건 또 다른 기분 좋은 아이템이었다.

케넌-캐시!

레드 존이 매력적인 이유 중 하나를 대라면 많은 사람이 주저하지 않고 케넌-캐시를 말했다.

즉, 레드 존에서 몬스터를 사냥하면 아이템처럼 케넌-캐시를 떨군다는 거였다.

현실에서 현금처럼 사용할 수 있는 케넌-캐시를 아이템으로 얻을 수 있다. 이 얼마나 아름다운 보너스인가?

케넌-캐시는 현시대에 가장 주목받고 있는 가상 화폐다.

이전 세대까지의 가상 화폐 시장에선 비트코인이 독보적인 위치를 차지했었다. 하지만 어느 순간 혜성처럼 나타난 케넌-캐시가 가상 화폐 시장을 통일해 버렸다. 그리고 그 이유는 가장 안정적인 가상 화폐이기 때문이었다.

케넌-캐시는 다른 가상 화폐와 달리 현재 전 세계에서 실용적인 화폐로 사용할 수 있었다.

준혁은 인벤토리에 담긴 케넌-캐시를 확인했다.

오늘 사냥으로 얻은 케넌-캐시는 총 32개였다. 현실 시세로 1케넌-캐시당 천 원이었기에 자연스레 3만 2천 원의 이득이 생긴 거다.

씨익-

준혁은 미소 지었다.

큰돈은 아니었지만 그래도 회귀 후 첫 수입이 생겼다.

그렇다는 건?

'오늘 야식은 치킨이다!'

혼자만의 조촐한 축하연을 여는 거였다.

준혁은 자리에서 일어났다. 그 이외의 자잘한 아이템들이 있긴 했지만 그건 마을에 가서 처리해야 할 것들이었다.

'아센초 인식 활성!'

스킬을 사용해 아벤 방어성으로 돌아가는 길을 밝혔다.

'가 볼까?'

그러고는 거침없이 아벤 방어성으로 향했다.

준혁은 아벤 방어성으로 돌아왔다. 성을 떠난 지 대략 3시간 만이었다.

성의 입구로 다가가자 '안전지대로 들어섰습니다.'라는 문구와 함께 편안한 기분이 들었다. 레드 존의 버프 현상인 긴장감이 사라진 거였다.

그와 동시에 나른함이 느껴졌다.

'이것도 시간이 좀 지나야 익숙해지겠지?'

고개를 끄덕인 준혁은 곧장 성문 쪽으로 향했다. 그러자 병사들이 놀란 눈으로 말했다.

"뭐야, 저 사람? 아까 본 걸어 다니는 시체 가방 아니야?"

"그, 그러네? 그런데 시체 가방이 살아 돌아온 거야?"

"오오! 대단한데? 초보 모험가 주제에 보통이 아닌가 본데?"

곧 죽을 거라 생각했던 초보 모험가다. 그런 자가 성문을 벗어나 몇 시간씩 필드를 돌아다니고 돌아왔다.

그런데 그뿐만이 아니었다.

"달라. 분명 달라졌어."

"그래, 맞아. 아까와는 달리 제법 단단함이 느껴지는데?"

"성장했다는 말인가?"

처음엔 얕잡아 보던 병사들이다. 그랬던 그들이 시선을 달리하며 준혁을 보고 있었다.

그 때문이었을 거다.

"어이! 이봐, 모험가!"

성문을 지키던 수문장이 준혁에게 다가왔다.

"무슨 일입니까?"

준혁의 물음에 수문장이 말했다.

"자네 혹시 필드 사냥을 하고 온 겐가?"

"그렇습니다."

"그렇다면 오염된 몬스터의 정수도 가져왔고?"

준혁은 대답 대신 인벤토리에 들어 있던 오염된 몬스터의 정수를 꺼내 보였다.

이 지역 몬스터를 사냥하면 자동으로 인벤토리로 들어오는 아이템이 있었다. 그것이 오염된 몬스터의 정수였다.

그걸 확인하자,

"오오! 이제 보니 만만한 시체 가방이 아니었는걸?"

"시체 가방은 무슨! 저 친구! 강단 있는 모험가였구만!"

"이거 정말 대단한데?"

병사들이 하나같이 감탄사를 내뱉었다.

아벤 방어성은 철저히 힘의 논리로 유지되고 있는 세상이었다. 약한 자는 무시당해도 아벤 방어성을 지키는 데 도움이 되는 용사는 언제나 환영받는 곳이 바로 이곳이었다.

그와 동시에,

띠링!

[렉스 님의 아벤 방어성 지역 명성이 +10 되었습니다.]

지역 명성이 올라갔다.

명성은 NPC들에게 영향을 미치는 중요한 수치다.

준혁은 뿌듯함을 느꼈다.

그런데 그때였다. 명성이 올라가자 수문장의 표정도 달라졌다.

수문장이 말했다.

"오랜만이군. 내 심장을 두근거리게 하는 모험가를 만나는 건. 자네 혹시 내 제안을 좀 들어 보겠는가?"

'제안? 설마? 이건 히든 퀘스트?'

한 번 성공하고 나면 다시는 열리지 않는다는 일회성 퀘스트다.

히든 퀘스트는 특정 조건을 달성했을 때만 발동되는 희귀한 콘텐츠였다. 그런 만큼 보상이 후한 퀘스트이기도 했다.

'땡잡았다!'

망설여서 무엇 하겠는가?

"무슨 일입니까?"

준혁은 기대에 찬 눈으로 수문장을 바라보았다.

제4장

마라디아

 준혁의 적극적인 자세가 마음에 들었는지 수문장이 흡족한 미소를 지었다.

 그의 머리 위에 떠 있는 이름은 지켄이었다.

 지켄이 준혁을 보며 말했다.

 "우리는 지금 토벌대를 구성하고 있다네. 영주님의 정보원들이 다르칸 놈들의 꼼수를 발견했거든. 그래서 말인데 모험가, 아니 렉스라고 불러도 되겠는가?"

 "물론입니다."

 "후후후! 자네도 나를 편하게 지켄이라고 부르게나."

 "알겠습니다, 지켄."

 띠링!

[지켄 수문장과의 친밀도가 +10 올라갑니다.]

지켄이 계속해서 말했다.

"자네를 보니 든든함이 느껴지는군. 어떤가, 렉스? 토벌대에 합류해 보겠는가? 보상은 섭섭지 않게 해 주겠네."

지켄의 말과 함께 설명창이 떠올랐다.

띠링!

[히든 퀘스트가 발생했습니다.]

[아벤 방어성의 토벌대(특이 사항:레드 존)]

최근 들어 다르칸 종족의 움직임이 자주 포착됩니다. 이에 불안감을 느낀 아벤 방어성 영주는 이번 기회에 다르칸 종족에게 쓴맛을 보여 주려 합니다.

난이도:B

완료 조건:케르토르 부락 섬멸까지 토벌대에 남아 있을 것

제한 시간:없음

퀘스트 보상:

100케넌-캐시

경험치 200퍼센트

A등급 판금 부츠

준혁은 보상을 확인했다.

100케넌-캐시에 경험치 200퍼센트 효과로 2 레벨 업이 가능하다.

거기에 A등급 방어구까지 준다면?

'이건 꼭 해야 해!'

눈이 번쩍 뜨이는 보상이었다.

거기에 난이도도 고작해야 B등급일 뿐이었다.

보통 퀘스트의 난이도는 받는 유저의 레벨에 따라 표시해 준다. 즉, B등급의 난이도라는 건 토벌대에 참가해서 큰 활약을 하지 않아도 성공할 수 있는 정도라는 거였다. 쉬운 편에 속하는 퀘스트였다.

더욱 마음에 드는 건 완료 조건이었다. 단순하게 부락의 섬멸 때까지 합류만 하고 있으면 되는 거다.

'이건 대놓고 레벨 업을 시켜 주는 퀘스트잖아!'

그런 이유로 회귀 전에도 대규모 토벌대 퀘스트는 받기 어려운 퀘스트 중 하나이긴 했다.

'역시!'

준혁은 그제야 예전 기억을 떠올릴 수 있었다.

'초반에 주는 히든 퀘스트들은 그야말로 꿀이라고 하더니, 이곳 아벤 방어성의 히든 퀘스트도 마찬가지구나!'

거부하면 이 퀘스트는 다른 유저에게 넘어가게 된다. 그리고 누군가 히든 퀘스트를 해결하면 다시는 이런 내용의 히든 퀘스트가 발생하지 않는다.

그야말로 유니크 퀘스트에 해당하는 아름다운 기회다!

준혁은 말했다.

"미약한 저의 실력이 도움이 될 수 있다면 당연히 힘을 보태야지요."

"그렇다는 건 토벌대에 합류하겠다는 건가?"

"그렇습니다."

띠링!

[퀘스트를 수락하였습니다.]

준혁이 승낙 의사를 밝힌 후였다.

"이런 위험한 시국에 의로움을 빛내는 모험가라니!"

"이야! 저 모험가, 정말 마음에 드는걸?"

"이거 이러면 시체 가방이라고 놀린 게 미안해지잖아."

"우리 정식으로 사과하세."

병사들이 하나둘 다가와 준혁에게 사과의 말을 건넸다.

"아까 놀려서 미안하오."

"내 입이 방정이지. 잘못했소."

"당신처럼 멋진 모험가를 모함해서 미안합니다."

어느 지역보다 자존심이 강한 아벤 방어성의 병사들이다. 그런데 그런 병사들이 준혁에게 일일이 사과를 한다.

이런 소문은 방어성의 내부와 주변 지역으로 금세 퍼져 나갈 것이다.

그리고 그걸 증명하듯,

띠링!

[렉스 님의 아벤 방어성 지역 명성이 +10 되었습니다.]

준혁의 명성이 또 한 번 올라갔다.

그 모습을 바라본 지켄이 흡족한 미소를 지으며 말했다.

"토벌대는 앞으로 3일 이내에 꾸려질 걸세. 출발 하루 전에 연락 마법을 보내 주겠네."

"준비하고 있겠습니다."

지켄과 인사한 준혁은 곧장 성으로 들어섰다.

✡ ✡ ✡

성으로 들어서자 준혁을 바라보는 기사들과 병사들의 눈빛이 달라져 있었다.

명성 효과.

처음엔 길거리의 벌레만도 못한 취급을 받던 초보 모험가에서 성에 도움이 될 쓸 만한 모험가가 된 거다. 그로 인해 성내 NPC들의 태도가 조금은 호의적으로 변한 분위기였다.

'이런 기분도 오랜만인걸?'

누군가에게 인정받는다는 건 상당히 기분 좋은 일이었다.

준혁은 만족스러운 미소를 지으며 캄푸차이의 천막으로

향했다.

멀지 않은 길이었다. 그럼에도 벌써 성내에 유저들의 모습이 보이고 있었다.

"아이 씨! 이거 뭐야? 다른 지역으로 이동하려면 최소 30레벨 이상이 되어야 한다는데?"

"뭐야? 그럼 완전히 망한 거잖아?"

"아후! 네 말을 괜히 들었어! 캐릭 삭제하려면 최소 10일은 기다려야 하는데."

"망할! 그럼 10일 동안 이 칙칙한 성에 갇혀 있어야 한다는 말이야?"

모양을 보아하니 저들은 초보 모험가 지원 세트를 지급받으려는 사람들일 거다. 초보 모험가 지원 세트에 대한 설명과 레드 존에 대한 설명은 시작 지점 선택 정보에 나와 있으니까.

초보 모험가 지원 세트만 지급받고 곧바로 다른 지역으로 텔레포트를 한다. 아마도 그게 저들의 의도일 터였다.

하지만 문제라면 이곳 아벤 방어성엔 텔레포트 레벨 제한이 있다는 거였다.

'그게 쉬웠으면 개나 소나 여기 와서 지원 세트를 받아갔겠지.'

오늘 생성한 캐릭터를 삭제하고 새로 생성하는 데 필요한 시간은 10일이었다.

아카식 월드에선 1 계정 1 캐릭터가 원칙이었기에 저들은 10일 동안 새로운 캐릭터를 생성하지 못하게 된다. 남들보다 10일이라는 시간을 뒤처지게 된다는 이야기다. 저들은 오판으로 인해 엄청난 시간적 손해를 보고 만 거였다.

준혁은 저도 모르게 웃고 말았다.

'안타깝지만 어쩔 수 없는 일이지.'

미래를 알고 있기에 저들처럼 허튼짓을 하지 않았다는 안도감이 들었다.

'뭐, 그거야 내가 신경 쓸 일은 아니니까.'

준혁은 발을 동동 구르고 있는 유저들을 뒤로한 채 캄푸차이의 천막으로 향했다.

그때였다. 캄푸차이의 천막 문이 열리며 유저들이 나오고 있었다.

앞서 나온 유저가 말했다.

"아우 씨! 무슨 NPC가 사람을 때려?"

그러자 뒤따라 나온 유저가 웃으며 말했다.

"푸흡! 그러게 왜 NPC한테 덤비냐?"

"저놈이 사악한 표정을 짓기에 나를 공격하려는 건 줄 알고 그런 거지!"

"하기야 나도 캄푸차이가 웃을 때 우릴 죽이려고 그러나 싶더라."

"에이 씨! 모험가 세트도 못 받고 기분만 더럽네!"

두 사람이 고개를 흔들며 멀어져 갔다.

피식!

준혁은 저도 모르게 웃고 말았다. 캄푸차이의 미소가 떠올랐기 때문이었다. 자신도 캄푸차이의 미소에 움찔했었으니 말이다.

'NPC에게 얻어맞으면 기분이 더럽긴 하겠네.'

고개를 흔든 그는 곧장 천막 안으로 들어갔다. 사냥으로 얻은 '오염된 몬스터의 정수'를 게임 머니로 바꾸기 위함이었다.

✡ ✡ ✡

준혁은 캄푸차이에게 '오염된 몬스터의 정수'를 판매했다. 그렇게 얻은 돈이 총 1금화 20은화였다.

인벤토리를 확인했다.

[3금화 42은화]

2시간 동안 사냥해서 얻은 게임 머니였다.

'나쁘지는 않네.'

현실 돈으로 따지면 3만 원이 조금 넘는 수준이다.

문제라면 게임 머니는 현실에서 거래되지 않는다는 점

이었다.

　아카식 월드에서 현금 가치를 가진 건 오직 케넌-캐시뿐이었다. 즉, 거래 사이트에서 케넌-캐시로 금화를 사들일 순 있어도 금화로 케넌-캐시를 사거나 현금으로 환전할 수 없다.

　모든 거래는 케넌-캐시를 통해서. 현금은 물론 아이템과 금화 거래도 마찬가지였다. 이건 게임 회사를 통해 미래에도 철저하게 제한되고 있는 사항이었다.

　'그 때문에 케넌-캐시의 가치가 더욱 빛을 발하게 되지!'

　고개를 끄덕인 준혁은 캄푸차이의 수다를 피해 천막을 벗어났다. 그러고는 인적이 드문 곳으로 장소를 옮겼다. 이유는 로그아웃 전에 '최초인의 보상-무작위 상자'를 개봉하기 위해.

　'제발 쓸 만한 무기라도 나와라!'

　준혁은 2개의 무작위 상자를 동시에 개봉했다.

　두두두둥!

　긴박한 효과음과 함께 개봉된 상자.

　띠링!

　[C등급 무기 승급 물약 1개와 최고급 생명력 물약 1개를 얻었습니다.]

　'이런……'

　준혁은 아쉬움을 느꼈다.

무작위 상자를 열었는데 고작 승급 물약과 생명력 물약이라니…….

'좋은 것만 나오는 건 아니구나.'

물론 승급 물약과 최고급 생명력 물약이 저렴한 아이템은 아니었다. 하지만 그렇다고 해도 아쉬움이 남는 건 어쩔 수 없는 일이었다.

'어차피 결과는 나온 거다. 미련 가져 봐야 소용없지.'

큰 숨과 함께 아쉬움을 털어 낸 준혁은,

'로그아웃.'

명령어와 함께 게임을 끝냈다.

다음 날 아침.

새벽같이 일어나 운동을 끝낸 준혁은 씻고 아침을 먹었다. 그러고는 곧장 방으로 돌아왔다.

'어디 보자…….'

스마트폰을 들어 게임 회사 홈페이지를 확인했다.

'역시.'

홈페이지의 게시판에는 엄청난 양의 게시글이 올라와 있었다. 대부분은 포화 상태인 사냥터에 대한 불만들이었다.

'그럴 만도 하지.'

준혁은 스마트폰을 조작해 포털 사이트에 들어갔다.

메인을 장식하고 있는 기사들을 확인했다.

'아카식 월드가 가장 큰 화제구나.'

준혁은 고개를 끄덕였다.

사람들의 관심이 높은 만큼 아카식 월드와 관련된 기사들이 도배되다시피 뉴스를 점거하고 있었다.

무작위로 배포된 접속 장치와 오픈 첫날부터 사람들로 북적인 사냥터에 관한 논란이 많았다.

대전광역시에 문이 열린 2차 무료 배포 장소도 언급되었다.

거기에 게임 안에서 목숨을 잃을 수 있는 레드 존에 관한 논란까지 가속되었다.

아카식 월드는 화제의 중심에 있는, 그야말로 화끈한 게임이 되고 만 거였다.

준혁은 미소 지으며 스마트폰을 내려놓았다.

오늘부터 당분간은 아카식 월드에 대한 갑론을박이 사회문제로 떠오를 거다. 게임을 찬성하는 측과 반대하는 측, 그리고 게임 내의 사망이 가지고 올 파장까지.

하지만 재밌는 건 이런 논란들이 오히려 아카식 월드의 흥행에 기름을 붓게 된다는 사실이었다.

아카식 월드는 곧 전 세계인의 사랑을 받게 될 게임이다. 관심은 곧 돈이었고, 사람들은 아카식 월드에 돈을 쏟아붓기 시작할 테니 말이다. 아카식 월드는 세상 어디에서도 만날 수 없는 가장 현실적인 판타지 세상이기 때문이었다.

더군다나 능력만 된다면 현금으로 케넌-캐시를 사들여 좋은 아이템과 게임 머니를 살 수도 있다.

기회의 땅 아카식 월드!

강자가 될 수만 있다면 세상 최고의 부자가 되는 것도 가능하다. 이 얼마나 심장이 두근거리는 일인가?

'놀지 말고 레벨 업을 하자!'

결심을 굳게 다진 준혁은 모든 생리 현상을 해결한 후 곧바로 아카식 월드에 접속했다.

✡ ✡ ✡

어제 하루 아카식 월드의 게임 회사인 코스모스가 공식 집계한 누적 접속자 수는 총 416만 명이었다.

즉, 어제 하루에만 416만 명이 아카식 월드에서 캐릭터를 생성했다는 이야기다.

동시 접속자 수가 얼마인지는 모른다. 하지만 분명한 건 오늘 하루도 전 세계적으로 5백만 대의 접속 장치가 무료로 배포되는 중이란 거다.

'그렇게 된다면 4개의 시작 지점이 더욱 포화 상태가 되겠지?'

준혁은 흐뭇한 표정으로 주변을 둘러보았다.

아벤 방어성은 여전히 한가하기만 했다.

다른 4개의 시작 지점처럼 화려하거나 아름다운 모습은 눈을 씻고 찾아봐도 없었다. 아니, 오히려 칙칙하고 음울하며 암울함이 느껴지는 세상이다.

하지만 준혁은 이런 아벤 방어성의 분위기가 훨씬 마음에 들었다. 누구보다 빠르게 레벨을 올릴 수 있기 때문이었다.

'생각하는 시간도 아깝다! 빠르게 레벨 업을 하자!'

잡생각을 떨쳐 낸 준혁은 서둘러 초보 사냥터로 향했다.

✡ ✡ ✡

"흐압!"

준혁은 강하게 검을 내질렀다. 그와 동시에 몸이 앞으로 쏘아졌다.

준혁의 검이 오염된 뾰족 어금니 늑대의 몸을 갈랐다.

커엉!

그와 동시에 몸을 부들부들 떨면서 늑대가 바닥으로 널브러졌다.

띠링!

[렉스 님의 레벨이 올랐습니다.]

'13레벨이다.'

3시간 동안 사냥으로 5레벨을 올렸다. 그렇다는 건 어제

보다는 확실히 레벨 업 속도가 느려졌다는 뜻이었다.

하지만 다른 지역에 있는 유저들과 비교하면 적어도 3배에서 4배 정도는 빠른 레벨 업 속도일 터였다.

'아마 지금쯤이면 다들 파티를 맺고 레이드 몬스터를 사냥하고 있겠지?'

그렇잖아도 간간이 확인하는 게임 게시판은 파티원을 구하는 글들로 장식되어 있었다.

다른 유저들도 바보는 아니니까.

어떻게든 레벨 업 방법을 모색하고 있을 터였다.

"후우!"

준혁은 크게 숨을 내뱉으며 주변을 둘러보았다. 혹여나 떨어진 아이템은 없는지 확인한 거다.

그때였다.

드드드-

지진이라도 난 듯 갑자기 땅이 흔들리기 시작했다.

'무슨?'

준혁은 넘어지지 않게 중심을 잡으며 주변을 확인했다.

그러자,

드드득-

땅이 갈라지며 커다란 손이 불쑥 올라왔다.

'설마?'

준혁은 날카로운 눈으로 땅속에서 올라오는 그것을 노

려보았다.

✡　✡　✡

쉬익- 쾅!

갈라진 땅에서 올라온 것은 굉장한 괴물이었다.

놈은 2미터를 훌쩍 넘는 키에 준혁의 3배 이상은 큰 덩치를 가진 몬스터였다.

크아아아!

몬스터가 양팔을 벌리며 포효했다.

놈은 노란 털을 가진 긴 팔 오랑우탄 같았다.

'마라디아?'

준혁은 놈을 보는 순간 이름을 떠올릴 수 있었다.

저놈은 레드 존 전용 이벤트 몬스터다. 이름하여 마라디아.

'저놈이 이곳에서 출몰할 줄이야.'

이건 정말 대단한 일이었다.

회귀 전, 마라디아는 전 필드를 통틀어 한 달에 한 번 등장할까 말까 한 굉장히 희귀한 몬스터였다.

아카식 월드는 전 세계인이 즐기는 게임이다. 그것도 단일 서버에서 말이다. 그렇기에 접속자 비율로 따졌을 때 마라디아의 등장 확률은 그야말로 극악이었다. 그런데 그런 놈이 준혁의 앞에 모습을 드러낸 거였다.

희귀한 몬스터인 만큼 저놈이 주는 보상은 말 그대로 엄청났다. 마치 길을 걸어가다가 엄청난 크기의 금화 상자를 발견한 것과 같은 상황이었다.

'이거 너무 운이 좋은 거 아니야?'

자신도 모르게 든 생각이었다.

'아니지.'

하지만 이내 생각이 바뀌었다.

현재 아카식 월드 내에서 레드 존 사냥을 하는 유저는 오직 준혁뿐이었다. 그렇기에 레드 존 이벤트 몬스터인 마라디아가 준혁의 앞에 나타난 건 어쩌면 당연한 일이다.

이건 운이 아니다. 오직 자신의 노력으로 얻어 낸 절호의 기회일 뿐이다.

카아아!

마라디아가 위협하는 것처럼 하늘을 향해 포효했다.

하지만 그렇다고 해서 바로 덤벼들지는 않았다. 놈은 비선공 몬스터니까.

누군가 먼저 공격하기 전까지는 목표를 인식하지 않는 게 비선공 몬스터였다.

준혁은 순간 고민에 빠졌다.

필드 몬스터의 경우 보스급을 제외하고는 모두 레벨을 볼 수 있었다. 그렇기에 마라디아의 레벨을 알 수 있었다.

[20]

 자신보다 무려 7레벨이나 높은 몬스터다. 자칫 놈과의 전투로 목숨이 위험해질 수도 있는 상황이었다.
 그렇다면 저놈을 포기해야 할까?
 으득!
 준혁은 어금니를 꽉 깨물었다.
 배신을 당하기 전, 그는 아카식 월드 내에서도 매우 공격적인 성향을 가진 유저 중 하나였다.
 덤비는 것이 있으면 부숴 버린다. 어떤 형태의 도전이라도 두려워하거나 무서워하지 않는다.
 회귀를 통해 새롭게 태어난 준혁이었기에 그의 마음 또한 웅대함을 느끼며 꿈틀대고 있었다.
 '운 좋게 찾아온 기회를 그냥 포기할 순 없지!'
 가능성이 있는 일이라면 도전해야 한다. 그렇기에 준혁은 글라디우스를 고쳐 잡으며 빠르게 생각을 정리했다.
 '마라디아는 사냥당할 때마다 강해지는 몬스터다. 그런데 저놈은 오늘이 첫 등장. 그렇기에 레벨 대비 전투력이 그다지 강하지 않을 거다. 결론은 붙어 볼 만하다는 이야기!'
 계산은 빠르게 끝났다.
 비록 목숨이 걸린 레드 존에서의 사냥이지만 그렇다고 위축되지는 않았다.

지난 20년간의 경험과 노련함을 축적해 왔다. 망설임은 없었다.

"흐압!"

준혁은 바닥을 박차며 마라디아에게 뛰어들었다.

양손으로 글라디우스를 강하게 쥐었다.

쉬잉!

검날이 공기를 갈랐다.

그와 동시에,

카가강!

강력한 일격이 마라디아의 몸을 베고 지나갔다.

[기습적인 공격!]

[크리티컬 히트 발동!]

'역시! 통하는구나!'

준혁의 날카로운 일격으로 놈의 생명력이 8퍼센트나 줄어들었다.

크아아아!

물론 마라디아도 당하고 있지만은 않았다.

놈은 공격을 받음과 동시에 준혁을 인식했다.

그러고는,

쉬익- 쉬이익-

기다란 팔을 마구 휘두르며 준혁을 공격했다.

"큭! 크윽!"

놈의 날카로운 손톱이 준혁의 등을 할퀴고 지나갔다. 그 때문에 소름 끼치는 통증이 느껴졌다. 강철 같은 손톱이 생살을 파고든 거였다.

"크윽!"

통각 일치율 40퍼센트의 효과였다. 만약 준혁이 아닌 다른 사람이었다면 끔찍한 고통에 그만 정신줄을 놓아 버렸을지도 모른다.

하지만 준혁은 아니었다.

"이익!"

어금니를 꽉 깨물어 통증을 이겨 낸 그는 곧바로 자세를 바꾸어 마라디아의 겨드랑이를 노렸다.

놈의 약점 중 한 곳!

카아?

어찌나 놀랐는지 마라디아가 공중으로 펄쩍 뛰어오르며 허둥댔다.

'노리고 있던 바다!'

마라디아의 반응을 확인한 순간 준혁은 잽싸게 공격 방향을 바꿨다.

그가 노리고 있는 건 마라디아의 착지 장소였다.

"흐압!"

바닥을 박차자 몸이 활처럼 앞으로 쏘아졌다. 모험가의 기본 스킬 중 하나인 질주였다.

쉬익-

빠르게 움직인 덕분에 마라디아가 바닥에 착지하기도 전에 그 장소에 도착했다.

"히얍!"

준혁은 글라디우스에 마나를 집중하며 검을 그었다.

그러자,

키에에에!

마라디아가 공중에 뜬 채로 허둥댔다!

카가강!

동시에 몬스터의 허리에 검이 박혔다.

효과는 만점이었다. 무방비 상태의 적을 제대로 공략한 거다.

[영리한 일격!]

[크리티컬 히트!]

[최대 데미지 효과가 적용됩니다.]

[강력한 공격으로 인해 적이 10초간 공황 상태에 빠집니다.]

영리한 공격으로 마라디아의 생명력을 50퍼센트 가까이 줄일 수 있었다.

거기에 마라디아가 흐물거리며 머리 위에는 해롱대는 표시가 나타났다. 공황 상태에 빠져 무방비 상태가 된 거였다.

시간은 오직 10초뿐이었다.

준혁은 기회를 놓치지 않았다.

쉬쉭! 카강! 카가강!

최대한 빨리 마라디아의 약점을 구석구석 공략했다. 현재 시점에서 사용할 수 있는 가장 막강한 공격을 감행한 거였다.

그와 동시에 놈의 생명력이 죽죽 빠지기 시작했다.

카아아아!

마라디아가 정신을 차렸을 때는 이미 생명력이 20퍼센트도 남아 있지 않은 상황이었다.

크아아앙!

위기를 느낀 마라디아가 광포화에 빠져 엄청나게 빠른 속도로 양팔을 휘둘러 댔다.

"크흐윽!"

그로 인해 끔찍한 통증이 느껴졌다.

놈의 공격으로 준혁의 생명력 또한 70퍼센트로 줄었다.

하지만 준혁은 신경 쓰지 않았다. 이미 고지가 눈앞이니까.

'이딴 고통! 5년 동안 받았던 그 끔찍한 스트레스와 비교하면 아무것도 아니다!'

오직 마라디아의 남은 생명력만 빼놓는다. 그런 생각으로 서로 치고받기를 한 거였다.

물론 그렇다고 해서 생명력 물약을 사용하지 않은 건 아니었다. 마라디아를 사냥하면서 굳이 돈을 아낄 필요는 없으니까.

 준혁은 생명력 물약을 쏟아붓듯 사용했다. 그 때문이었는지 생명력이 줄어들고 차오르기를 반복했다.

 하지만 결국 승자는 강준혁이었다.

"흐아압!"

 준혁이 최후의 일격을 내질렀다.

 그러자,

 케에엑!

 비명과 함께 마라디아가 바닥으로 널브러졌다.

'잡았다! 요놈!'

 전신으로 느껴지는 쾌감!

 참으로 오랜만에 맛보는 승리의 맛이었다.

 당연한 말이지만 게임을 시작하고 어제오늘 많은 수의 몬스터를 때려잡으며 사냥을 즐기긴 했다. 하지만 그건 지금 느낀 승리의 맛과는 완전히 다른 느낌이었다.

 마라디아는 준혁보다 무려 7레벨이나 높은 몬스터다. 그렇기에 자칫 목숨까지 걸어야 했던 상황이었다. 그런데 그런 놈을 압도적인 공격으로 이겨 낸 거였다.

'역시! 내 경험과 감각은 어디 가지 않았구나!'

 이것이 바로 목숨을 건 전투를 끝낸 무사만이 느낄 수 있는 만족감이었다.

 그리고 지금,

마라디아의 몸이 회색으로 변하며 순식간에 메시지들이 떠오르기 시작했다.

띠링!

[마라디아를 사냥했습니다.]

[축하합니다. 레벨이 올랐습니다.]

[축하합니다. 레벨이 올랐습니다.]

[축하합니다. 레벨이 올랐습니다.]

[…….]

'오오!'

무려 10개의 레벨 업 메시지가 떠올랐다. 단 한 번의 사냥으로 23레벨이 된 거였다.

"좋았어!"

이 얼마나 아름다운 레벨 업 속도란 말인가?

심장이 미친 듯이 두근거리고 있었다.

하지만,

"후우우……."

크게 숨을 내뱉으며 마음을 진정시켰다. 그러고는 바닥을 확인했다. 그러자 아이템들이 시야에 들어왔다.

[최초인의 보상-무작위 상자X10]

[A등급 판금 갑옷]

[A등급 판금 장갑]

[A등급 무기 승급 물약X20]

[A등급 방어구 승급 물약X20]

[최고급 생명력 물약X50]

[최고급 마나 물약X50]

[지역 귀환 주문서X100]

[지정 이동 주문서X100]

[마라디아의 보상 상자]

"와우!"

탄성이 절로 나올 정도로 많은 수의 아이템이 바닥에 떨어져 있었다.

준혁은 서둘러 손을 뻗었다. 하나도 놓침 없이 인벤토리로 넣은 거였다.

그러고는 인벤토리를 열었다. 마라디아를 사냥하고 얻은 금화와 케넌-캐시를 확인하기 위해서였다.

'어디 보자.'

놈을 사냥하고 들어온 금화는…….

'1,000?'

무려 1,000금화를 얻었다. 현금으로 따지면 천만 원을 벌어들인 거다.

그렇다면 케넌-캐시는?

어제와 오늘 레드 존 사냥으로 벌어들인 케넌-캐시는 총

73개였다.

그런데 지금은……

'373!'

현재 인벤토리에 들어 있는 케넌-캐시가 총 373개다. 현금으로 따지면 37만 3천 원을 보유하게 된 거였다.

그렇다는 건 마라디아를 죽여 얻은 케넌-캐시가 300개라는 이야기다.

'오오! 사랑스러운 마라디아여!'

준혁은 뿌듯함을 느꼈다.

이 얼마나 아름다운 날인가?

접속 2일 만에 23레벨이 되었다. 그런데 그것도 모자라 충분한 돈을 보유하게 되었다.

가슴속 깊숙한 곳에서부터 올라오고 있는 행복한 감동, 기분 좋은 희열을 느끼는 중이었다.

그때였다.

띠링!

[렉스 님의 피로 누적도가 위험 수준에 다다랐습니다. 안전한 장소를 찾아 로그아웃해 주세요.]

'이런!'

최선을 다해 싸운 덕분에 피로도가 빠르게 올라간 모양이었다.

준혁은 서둘러 안전 장소로 이동했다. 그러고는 곧장 로그아웃을 했다.

✡ ✡ ✡

간지러움과 함께 현실로 돌아왔다. 그와 동시에 무력감이 느껴졌다.

준혁은 아쉬움을 느끼며 자리에서 일어났다.

이런 느낌은 아카식 월드의 단점 중 하나였다.

게임 속에선 매우 건강하고 잘 발달한 육체를 가지고 있었다. 그러다 현실로 돌아오면 이런 허무함을 느끼게 되는 거였다. 슈퍼맨의 힘을 가졌던 사람이 갑자기 연약한 인간으로 돌아오는 순간이니까.

하지만 이런 기분은 그리 오래가지 않았다. 그렇기에 빠르게 현실감을 찾은 준혁은 시간부터 확인했다.

오전 11시 50분. 대략 예상하고 있던 시간이었다.

'점심 먹을 시간이네.'

준혁은 자리에서 일어나 즉석 밥과 즉석 카레를 집어 들었다. 거기에 자그마한 참치 통조림까지 챙겼다.

점심거리를 챙겨 방을 나섰다. 당연한 말이지만 방을 나서기 전에 접속 장치를 나무 금고에 넣어 충전시키고, 자물쇠를 잠그는 일도 잊지 않았다.

띠띠띠-

고시원 식당으로 내려온 준혁은 즉석 밥과 카레를 전자레인지에 돌렸다.

띠익-

알맞게 데워진 밥과 카레를 그릇에 덜었다. 그러고는 맛있게 섞었다.

맛있는 점심에서 모락모락 김이 올라왔다.

공용 냉장고에서 어머니표 김치를 꺼낸 준혁은 식탁에 앉아 군침 도는 카레 밥을 한술 뜨려 했다.

그런데 그때였다.

벌컥!

식당 문이 거칠게 열렸다. 그와 동시에 한 남자가 뒤뚱거리며 들어섰다.

"미, 밀지 마."

뚱뚱한 체형의 남자가 어눌한 말투로 한 말이었다. 누군가 저 사내를 식당으로 밀어 넣은 게 확실했다.

'오타쿠?'

이름은 모르지만 사람들이 저 사내를 그렇게 부른다는 건 알고 있었다.

그리고 그 뒤를 따라 한 사내가 들어왔다.

"야! 너지? 어? 네가 그랬잖아? 말해, 새끼야!"

훤칠하게 생긴 사내였다. 고시원 내에서도 인기가 많은

차재훈이었는데, 그가 오타쿠를 추궁하고 있는 거였다.

그런데 그뿐만이 아니었다.

"맞아! 나도 봤어! 분명 저 사람이라니까!"

"어우! 불결해. 볼 때마다 재수가 없다고 생각했는데."

"이참에 망신을 주고 고시원에서 영영 쫓아내든가 해야지!"

차재훈의 뒤를 따라 들어온 건 한 무리의 여자들이었다.

모두 고시원에 사는 사람들이었다. 그리고 저들은 마치 오타쿠라 불리는 사람이 대역 죄인인 양 취급하고 있었다.

모르는 사람이 봤다면 누구라도 오타쿠가 큰 죄를 지었다고 생각할 것 같은 상황이었다.

'어라? 이거 봐라?'

하지만 준혁은 아니었다. 이 장면을 보고 있자니 잊고 있던 기억이 떠올랐기 때문이었다.

'저 새끼!'

준혁은 자리에서 일어섰다. 그러고는 오타쿠를 추궁하고 있는 차재훈에게 다가갔다.

그러자,

"뭐야?"

차재훈이 놀란 눈으로 준혁을 쳐다봤다.

준혁은 무표정한 얼굴로 말했다.

"지금 무슨 짓을 벌이고 있는 거지?"

"뭐, 뭐?"

준혁의 말에 차재훈이 인상을 와락 구기며 말했다.

"상관없는 사람은 빠지시지. 이건 저 오타쿠 새끼랑 관련 있는 일이니까!"

차재훈은 일부러 험악한 분위기를 만들고 있었다.

하지만,

피식-

준혁은 오히려 차가운 미소로 차재훈을 노려보며 말했다.

"싫다면 어쩔 건데?"

순간 식당의 분위기가 싸늘하게 얼어붙었다.

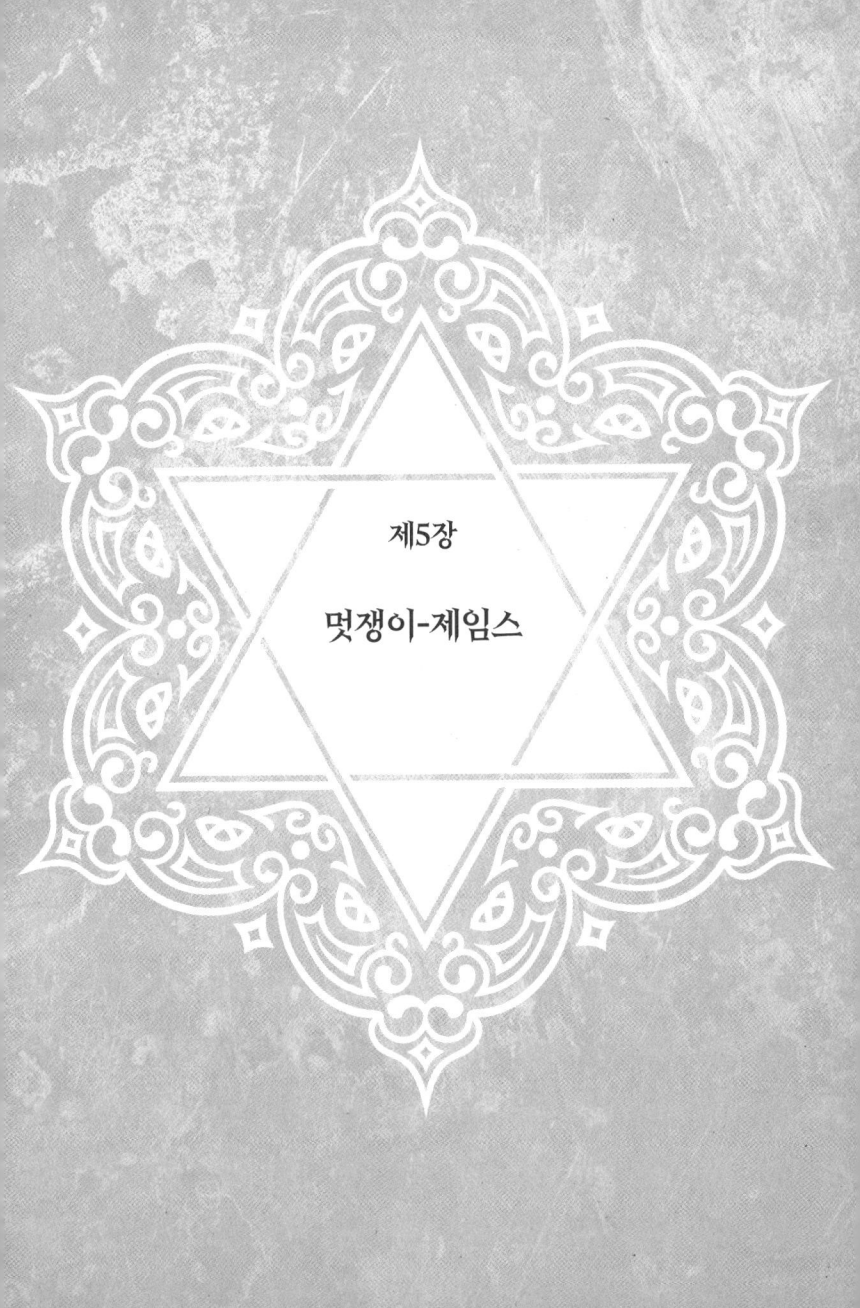

제5장

멋쟁이-제임스

차재훈은 구청에서 일하는 9급 공무원이었다.

작년에 시험을 통과해서 올해 초에 발령받은 신임 공무원이다. 즉, 적당한 월세방을 얻어 고시원을 탈출할 정도의 능력은 있는 사람이란 소리다.

하지만 그는 그러지 않았다. 그리고 그 이유는 공무원 시험을 준비하는 여자들을 손쉽게 취하려는 속셈이었다.

차재훈은 공시생들을 돕는다는 명목으로 여러 공부 모임을 만들었다. 당연한 말이지만 모두 여자로만 이루어진 모임이었다.

우스운 건 공무원이 되고 싶어 하는 절실한 여성들만 모았다는 거였다. 남자는 오직 차재훈뿐이란 소리다.

놈에게 그녀들은 정말 쉬운 먹잇감이었다.

결정력이 약한 여자, 부끄러움이 많아 누군가에게 당한 걸 남들에게 말하지 않는 여자, 그리고 순진한 여자까지.

차재훈은 고시원에 살면서 여성들을 꾀었고, 심지어는 성폭행도 서슴지 않았다.

물론 지금은 알려지지 않은 사실이었다. 하지만 준혁은 앞으로 차재훈의 잘못된 행실이 사회에 폭로될 걸 알고 있었다.

수십 명의 여자였던가?

그는 성관계를 원치 않는 여자를 협박해서 강간한다. 또한 그녀들의 약점을 잡아 신고하지 못하게 옭아매기도 했다.

심지어 그에게 돈을 뜯긴 여자도 상당했다. 말 그대로 얼굴만 번지르르하게 생긴 파렴치한 놈이란 소리였다.

'까마득하게 잊고 있었는데, 이 재수 없는 새끼 얼굴을 보고 나니 단번에 기억나네.'

강준혁은 차재훈을 무섭게 노려보았다. 그러자 차재훈이 움찔했다.

회귀 전 43년을 살면서 쓴물, 단물, 거기에 똥물까지 다 마셔 보고 독기 하나로 버텨 왔던 준혁이다. 그런 사람이 노려보고 있는 거다. 이제 고작 사회 초년생인 차재훈으로선 감당하기 어려운 눈빛이기도 했다.

"다, 당신이 뭔데 이 일에 끼어들겠다는 거야? 설마 오타쿠 새끼랑 한패라도 되는 거야?"

그 때문이었는지 차재훈이 되지도 않는 소리를 내뱉었다. 그리고 호위 무사라도 되는 양 그를 따라 내려온 여자들이 한마디씩 거들었다.

"맞아요! 당신이 무슨 자격으로 우리 오빠가 하는 일에 껴드는 거죠?"

"어머! 우리 오빠라니? 너 그런 말 함부로 쓰지 마. 어쨌든 여기 소영이 말이 맞아요. 알지도 못하는 일에 껴들지 마세요."

"이게 얼마나 심각한 일인데? 아저씨, 저 오타쿠랑 같이 경찰서 가고 싶어요?"

그래, 맞다. 준혁은 굳이 이 일에 끼어들지 않아도 상관없었다.

오타쿠가 누명을 써서 고시원에서 쫓겨나든 신경 쓸 필요는 없었다.

저 머리 빈 여자들이 차재훈에게 이용당하고 버려져서 나중에 꺼이꺼이 울어 대도 그조차 아무런 감흥이 없다.

준혁이 이 일에 끼어들 이유는 정말 없었다. 하지만 이상하게도 이 상황에 흥미를 느끼고 있었다. 오타쿠와 저들 사이에 있었던 일을 알고 있었기 때문이었다.

이유는 간단했다.

언제부턴가 고시원에서 여자들의 속옷이 사라지기 시작했다. 그렇다는 건 누군가 고시원에 사는 여자들의 속옷을 훔치고 있다는 거였다.

 아직 범인은 밝혀지지 않았다. 하지만 그럼에도 저들은 오타쿠라 불리는 남자를 여자들의 속옷을 훔친 변태라고 몰아가고 있었다. 단지 불쾌한 외모가 변태 같다는 이유만으로.

 그것이 차재훈과 여자들이 오타쿠라 불리는 남자를 몰아붙이고 있는 이유였다.

 당연한 말이지만 준혁은 이번 사건을 그냥 넘어갈 수도 있었다. 만약 회귀 전 과거에 망할 블랙-카삭스 놈들에게 배신당한 기억이 없었다면 말이다.

 문제라면 당시의 뼈아픈 기억이었다.

 수많은 사람이 가식적인 블랙-카삭스 놈들에게 속아 목숨을 잃었다. 지금 눈앞에 있는 이 차재훈 같은 비열한 미소를 가진 놈에게 말이다. 준혁의 마음에 불이 붙은 이유였다.

 '사기 치는 새끼들이 세상에서 제일 싫다!'

 그렇게 생각하자 마음속이 활활 타올랐다.

 '이런 놈들에겐 쓴맛을 보여 줘야지!'

 시선을 돌렸다. 구석에 몰려 두려움 가득한 얼굴로 덜덜 떨고 있는 오타쿠를 향해서였다.

 "저기요."

 "네, 네?"

 "이름이 어떻게 돼요?"

"저, 저요?"
"그래요."
"저는 장명호라고 합니다."
"장명호 씨, 죄진 거 있어요?"
"어, 없는데요."
"그럼 왜 죄인처럼 그러고 있습니까? 이런 덜떨어진 애들한테 치욕당하지 말고 그냥 가세요."
"예, 예?"

장명호가 화들짝 놀란 얼굴로 쳐다봤다.

아무 잘못도 없이 생긴 것 하나 때문에 억울하게 변태로 몰리는 상황이었다. 그런데 느닷없이 나타난 사내가 자신을 돕고 있다.

뭐라도 말하고 싶었는데 긴장만 하면 머릿속이 멍해지고 식은땀이 나는 장명호였기에 그저 어버버거릴 뿐이었다.

그런데 그때였다.

"어머! 이 사람 진짜 웃긴 사람이네? 아저씨가 뭔데 이래라저래라 해요?"
"그래, 맞아! 우리 오빠가 저 오타쿠 새끼가 범인이라잖아! 당신이 왜 껴들어?"
"소영이 너 자꾸 우리 오빠라는 말 쓰지 말랬지? 아무튼 당신! 저 오타쿠랑 한편이야?"

여자들의 기세가 등등했다.

"후후후!"

준혁은 저도 모르게 웃고 말았다. 그러자 여자들은 눈을 부라렸고, 차재훈은 눈치를 봤다.

'이런 생각 없는 것들 같으니라고.'

뭐, 이런 상황에 눈 하나 깜짝이나 할까?

준혁은 시선을 돌려 자신에게 따지고 있는 여자들에게 말했다.

"당신들은 무슨 자격으로 장명호 씨를 추궁하는 건데?"

"뭐, 뭐예요?"

"당신들이 경찰이야? 검사야? 무슨 증거가 있어서 장명호 씨를 범죄자로 모는 거냐고?"

"그, 그거야 재훈 오빠가 봤다고 해서……."

"뭘 봤는데? 장명호 씨가 범죄를 저지르는 걸 직접 목격했다는 거야?"

준혁이 노려보자 차재훈이 긴장하며 말했다.

"아니, 그런 건 아닌데… 조금 전에 분명 저 오타쿠 새끼가 여자 세탁실 근처에 있는 걸 봐서……."

"그래서?"

"그렇잖아도 요즘 여자 속옷이 없어진다고 난린데, 아무리 봐도 저 오타쿠가 확실해 보이니까……."

"아아, 그러니까 뭔가를 훔치는 걸 본 건 아닌데 그냥 당신 마음대로 장명호 씨를 범죄자로 몰고 있다?"

"그, 그게 아니라……."

이미 논리에서 밀린 차재훈이었다.

고시원 내에선 9급 공무원이라고 왕처럼 행동했던 어린 녀석이니까.

누구도 자기에게 시비를 걸 거라고 생각하지 못한 것이었다.

하지만 준혁은 달랐다.

이미 20대와 30대, 그리고 40대를 살아 본 그다. 더군다나 사회의 쓴맛까지 제대로 봤기에 이런 상황이 오히려 우습기만 한 거다.

'한심한 놈 같으니라고.'

같잖은 권력이란 게 생겨 버리면 그 맛에 취해 세상 무서운 줄 모르고 행동하는 게 수준 낮은 사람들이다.

준혁은 슬쩍 시선을 돌려 식어 버린 카레 덮밥을 쳐다봤다.

즐거운 점심은 물론 좋았던 기분까지 망쳐 버린 인간들!

'다른 건 몰라도 나한테 손해를 끼친 놈들은 그냥 두고 넘어가지 않는다!'

한 번 시작했으면 끝을 보는 게 당연한 거다.

이번엔 시선을 돌려 찬장 쪽을 쳐다봤다.

'있다. 저 상자.'

찬장 위에 올려진 별 볼 일 없는 상자 하나. 유명한 상표가 찍혀 있는 신발 상자였다.

저게 있다면 상황은 끝난 거나 마찬가지다.

준혁은 장명호에게 말했다.

"장명호 씨, 지금 당장 경찰에 전화하세요."

"네, 네?"

"억울하게 누명 뒤집어쓴 채로 쫓겨나고 싶지 않으면 당장 전화하라고!"

"아, 네네!"

준혁이 무섭게 소리치자 장명호가 허둥대며 경찰서로 전화를 걸었다.

그러자,

"어이! 이봐! 뭐 하는 거야?"

차재훈이 얼굴을 붉히며 소리 질렀다.

준혁은 그런 차재훈을 조소하며 말했다.

"왜? 쫄려? 뭐 찔리는 거 있어?"

순간 차재훈의 눈빛이 흔들렸다.

"너, 너 이 새끼!"

경찰의 개입만은 막고 싶어 하는 생각 짧은 한 인간의 발악이었다.

차재훈의 자세가 바뀌었다.

"이 미친 새끼들아! 거기서 경찰이 왜 나와?"

놈은 마음이 다급해지자 이성의 끈도 놓아 버린 게 분명했다.

준혁은 차재훈에게 말했다.

"왜? 갑자기 불알이 쪼그라들기라도 했나?"

"이 방해꾼 새끼가!"

차재훈의 눈이 돌았다.

놈이 두툼한 주먹을 쥐고는 곧장 준혁을 향해 달려들었다.

'멍청한 놈!'

준혁은 여유롭게 차재훈의 돌진을 바라보았다.

흥분한 인간이다. 거기에 제대로 싸워 본 적도 없이 힘만 믿고 달려드는 멍청이이기도 했다.

이런 놈은 간단하게 제압하면 그만이었다.

"야잇!"

차재훈의 주먹이 준혁의 얼굴 가까이 날아왔다.

때를 기다리고 있던 준혁은 민첩하게 발을 뺐다.

회피는 절묘한 타이밍에 이뤄졌다. 물론 남들이 눈치채지 못하게 차재훈의 발을 거는 것도 잊지 않았다.

그러자,

"어어?"

순간 목표물이 사라지며 놈의 몸이 휘청였다.

주춤-

단번에 힘을 쏟은 차재훈이었기에 그만 중심을 잃어버리고는 바닥에 너부러지고 만 거였다.

와장창!

놈은 자빠지면서 식탁에 부딪쳤다.

와락-

그 때문이었는지 준혁이 비벼 두었던 카레 밥과 김치가 차재훈의 얼굴과 몸으로 쏟아져 내렸다.

'아! 내 점심!'

속이 부글부글 끓었지만 그렇다고 달려들어 차재훈을 피떡으로 만들 수도 없는 상황이었다.

'모든 건 경찰이 오면 해결된다.'

여자들은 경악하고 있었고, 경찰에 신고를 끝낸 장명호는 겁먹은 두 눈을 껌뻑이고 있을 뿐이었다.

"크흐읔!"

강준혁은 바닥에서 신음하고 있는 차재훈에게 다가갔다. 그러고는,

꽈악-

"아악!"

차재훈의 어깨를 발로 밟았다. 놈을 제압하기 위해서였다. 강준혁은 목소리를 낮게 깔며 말했다.

"움직이지 말고 누워 있어. 더 험악한 꼴을 당하기 전에."

"크흐! 크흐읔!"

말을 했음에도 불구하고 차재훈은 자리에서 일어나려 애를 썼다.

이 상황을 벗어나려는 필사적인 움직임이었다. 하지만

준혁의 제압이 더욱 강했기에 그는 끝내 자리에서 일어나지 못했다.

경찰은 금세 도착했다.
시끄러운 일이 있었기에 고시원 사장은 물론 다른 사람들까지 몰려와 버렸다.
"신고받고 왔습니다. 무슨 일이시죠?"
장명호의 주장과 카레 범벅이 된 차재훈의 주장까지 경찰은 자초지종부터 들었다.
누구의 말을 믿어야 할지 쉽게 구별이 되지 않는 상황이었다.
그런데 그때였다.
"저 새끼가 나를 공격하고 이 오타쿠 새끼를 두둔했어요. 제 꼴을 보세요."
차재훈이 오히려 강준혁과 장명호에게 누명을 씌우려 했다. 그러자 여자들이 동조했다.
"맞아요! 저 나쁜 놈이 우리 오빠를 이렇게 만들었어요!"
"아, 어떻게 좀 해 봐요, 경찰 아저씨! 쟤들이 나쁜 애들이잖아요!"
경찰들이 난감한 눈으로 준혁을 쳐다봤다.
자칫 잘못했다간 원인 제공자로 몰릴 수도 있었다. 하지만 준혁은 긴장하지 않았다.

"제가 한 말씀 드려도 되겠습니까?"

"그러시죠."

"저는 고시원 여성들 속옷 절도와 불법 녹화로 타인의 사생활을 침해한 차재훈을 고발하고자 합니다."

순간 분위기가 싸늘하게 변했다.

"무, 무슨……."

"저 사람 왜 저래? 왜 저런 말을 하는 거야?"

차재훈의 호위 무사들은 너무 놀라 입을 다물지 못했고,

"아! 너! 나한테 무슨 악감정 있어? 왜 나한테 그러는 거야?"

차재훈은 길길이 날뛰며 소리쳤다.

굳이 저런 인간들의 행동을 신경 쓸 필요가 있을까?

아니.

준혁은 오직 경찰에게만 말했다.

"지금 당장 차재훈의 방을 확인해 보세요. 서랍 몇 개만 열어도 불법적인 것들을 발견하실 수 있을 겁니다."

준혁의 말에 차재훈의 얼굴이 사색이 되었다. 누가 봐도 그가 범인처럼 보이고 있었다.

하지만 차재훈도 바보는 아니었다.

"이게 무슨 개수작이야? 나 구청 공무원이야! 법도 공부한 사람이라고! 어디서 감히 개인의 사생활을 침해하려 해? 내가 현행범이야? 영장도 없으면서 뭘 검사해?"

자신의 생명줄이 달렸다고 생각한 차재훈은 최대한으로

자신을 방어했다. 그러자 경찰이 난감한 얼굴로 말했다.

"그건 이분 말씀이 맞습니다. 저희가 함부로 조사할 수 있는 권한은 없습니다."

경찰의 말에 차재훈이 표정을 달리하며 소리쳤다.

"너 이 새끼! 감히 나를 뭐로 보고! 어? 너! 나를 폭행했어! 나 지금 당장 병원 가서 진단서 뗄 거야! 널 폭행죄로 고소하고, 무고죄로도 고소할 거야!"

상황이 조금 좋아졌다 싶었는지 차재훈의 기세가 등등해졌다. 그러자 여자들도 기를 쓰고 동조했다.

"맞아! 나도 봤어! 당신이 우리 오빠 때렸잖아!"

"너랑 저 오타쿠 새끼! 둘 다 콩밥 먹어야 해! 이 변태 새끼들아!"

"너희는 이제 끝났어! 끝장났다고!"

상황은 그야말로 난장판이 되어 버렸다.

"어흐으……."

궁지에 몰려 버리자 장명호는 다리에 힘이 풀렸는지 그만 자리에 주저앉고 말았다.

그 때문이었는지 모두의 시선이 준혁에게 쏠렸다.

'너 어떻게 할래?'

'큰일 났구먼.'

'이런 게 인.실.조일까?'

사람들은 제각각의 표정으로 준혁을 주목했다.

과연 저 사람은 뭐라 말할까?

잘못했다고 싹싹 빌까? 아니면 엉엉 울어 버릴까?

사람들이 조금은 기대에 찬 눈으로 준혁을 바라보았다.

하지만 준혁의 행동은 모두의 예상을 뒤엎었다.

피식!

그는 매우 자신 있게 웃고 있었다.

누가 봐도 이 상황을 통제하고 있는 사람의 모습이었다. 그 때문이었는지 모두의 얼굴에 의아함이 떠올랐다.

그런데 그때였다. 명찰을 확인한 준혁이 경찰에게 말했다.

"김중현 경장님."

"음? 네?"

"만약 차재훈이 여기서 현행범으로 체포되면 어떻게 됩니까? 그럼 저 사람의 방을 확인하실 수 있겠습니까?"

"그, 그러니까 그게……."

"만약 저 사람의 방을 조사하지 않았다가 증거가 없어지면 현장 책임자인 김중현 경장님에게도 책임이 있지 않겠습니까?"

준혁의 말에 김중현 경장이 난감한 표정을 지으며 말했다.

"일단 중요한 건 차재훈 씨의 범법 행위입니다. 그걸 입증할 증거가 있습니까?"

"있습니다."

"뭐?"

준혁의 말에 식당 전체가 술렁였다.

척!

"집중!"

준혁은 손을 들어 모두를 입 다물게 했다. 그러고는 손가락을 움직여 찬장 위를 가리켰다.

누구의 관심도 받지 못하고 있는 작은 상자.

"저 상자가 바로 차재훈의 범법 행위입니다."

준혁이 말하자 모두의 시선이 빠르게 상자로 향했다.

✡ ✡ ✡

"아, 아니야! 그거 아니야!"

얼굴에서 핏기가 사라진 차재훈이 발악하듯 소리쳤다.

하지만,

"서 군아, 이 녀석 좀 잡고 있어라. 내가 직접 확인해 봐야겠다."

고시원 사장이 앞으로 나섰다.

자신의 고시원에서 벌어진 일이다. 고집스럽게 생긴 최정배 사장이 나서는 게 맞는 일이었다.

최정배가 의자를 끌고 와서는 찬장 위에 있는 상자를 꺼냈다.

"하지 마! 하지 말라고!"

고시원 총무인 서진국에게 붙잡힌 채 차재훈이 몸부림을 쳤다.

그러는 사이,

"어흠!"

최정배 사장이 상자를 열어 그 안에 있는 내용물을 꺼냈다.

"저, 저건 카메라잖아?"

"뭐야? 몰래카메라야?"

"어떤 미친놈이 식당에 카메라를 설치한 거야?"

사람들이 술렁였다. 하지만 그러는 와중에도 김중현 경장과 최정배 사장은 답을 달라는 식으로 준혁을 바라볼 뿐이었다.

준혁은 말했다.

"카메라에 액정이 달려 있어요. 녹화된 걸 확인해 보세요."

준혁의 말에 최정배 사장이 카메라를 조작했다. 그러자 놀라운 영상이 흘러나왔다.

"어, 어흠!"

"이, 이게 뭐야?"

"까악! 난 몰라!"

새벽 시간이었다. 영상은 남들이 모두 잠든 야심한 시간 식당에서 끈적하게 성관계를 나누는 두 남녀의 모습이었다. 그리고 그 두 사람은 바로 차재훈과 안소영이었다.

"소, 소영이 너어?"

그 장면을 본 차재훈의 호위 무사 중 하나가 치를 떨었다. 아까부터 안소영이 내뱉는 '우리 오빠'라는 단어에 민감하게 반응했던 여자였다. 마치 자신의 남자를 훔쳐 간 화냥년을 째려보는 눈빛이랄까?

하지만 지금 그게 뭐가 중요할까?

털썩-

사실이 밝혀지자 차재훈이 그만 바닥에 주저앉고 말았다.

최정배 사장이 붉어진 얼굴로 준혁을 바라보았다.

준혁은 고개를 끄덕이며 말했다.

"영상을 맨 앞으로 돌려 보세요. 차재훈이 카메라를 작동시키고 나가는 모습이 찍혀 있을 테니까요."

최정배 사장이 서둘러 카메라를 조작했다. 그러자 준혁의 말처럼 카메라를 실행시키고 식당을 빠져나가는 차재훈의 모습이 흘러나왔다.

빼도 박도 못하는 범죄의 증거가 고스란히 담긴 카메라.

최정배 사장이 폭발하려는 분노를 간신히 찍어 누르며 말했다.

"고시원 내에서 불법을 저지르면 자동 퇴실입니다. 방은 제 마음대로 뺄 수 있지요. 그거 다 계약서에 있습니다. 제가 저놈 방문을 열겠습니다. 경찰분들이 확인해 주시죠."

이미 끝난 게임이었다.

현장에서 범법 행위를 목격한 경찰들이었기에 군말 없

이 사장을 따라 차재훈의 방으로 향했다. 물론 서진국 총무에게 붙잡혀 있는 차재훈도 함께.

✡ ✡ ✡

 차재훈의 방에서 나온 건 그야말로 범죄 종합 선물 세트였다.
 서랍 하나에는 그동안 사라진 여자들의 속옷이 가득 들어차 있었다. 거기에 또 다른 서랍에는 수많은 몰래카메라를 담고 있는 외장 하드까지 나왔다.
 외장 하드 안에 든 것은 고시원 이곳저곳에 숨겨 놓은 카메라로 여성들과 성관계를 맺는 동영상들이었다. 그런 영상들이 자극적이고 돈이 되니까.
 '멍청하게 저걸 인터넷에서 팔다가 걸리게 되었지, 아마?'
 차재훈은 성관계 동영상의 판매를 대행해 주던 동업자와의 관계가 틀어지면서 신고를 당했던 거였다.
 '정의를 구현하자고 한 일은 아니지만······.'
 그 덕분에 경멸하는 사기꾼 하나를 해치웠으니 속은 시원했다.

 경찰서를 나선 준혁은 홀가분한 기분이었다.

경찰서에 방문한 건 이번 일에 대해 진술하기 위해서였다. 사건의 중심에 있었으니 말이다. 자유민주주의 국가의 시민으로서 의무를 다하기 위해 방문한 거였다.

'으흠······. 배가 고프네.'

준혁은 스마트폰을 꺼내 시간을 확인했다.

오후 3시 20분.

차재훈이 카레 덮밥을 뒤집어엎은 이후로 쌀 한 톨 입에 넣지 못하고 있었다.

뭔가 엄청나게 맛있는 게 머릿속에서 떠오르려던 찰나였다.

"저, 저기요."

익숙한 목소리가 준혁을 불렀다.

"네?"

그 사람은 다름 아닌 장명호였다.

"강준혁 씨라고 했죠? 도와주셔서 감사합니다."

그의 눈에는 눈물이 글썽이고 있었다.

오타쿠처럼 보이는 외모 때문에 많은 이들에게 무시당하며 살았던 서러운 세월을 보낸 사내다. 끔찍한 편견의 희생양으로 살아온 것도 억울한 그였는데, 오늘은 변태로 몰려 고시원에서 쫓겨날 뻔하기까지 했었다. 그랬던 것을 강준혁이 등장해서 구해 준 거였다.

장명호에게 강준혁은 은인이나 마찬가지였다.

그 때문이었는지,

"흐으! 흐으윽! 크흐으윽!"

장명호가 서럽게 울기 시작했다.

"아, 뭐, 그게⋯⋯."

준혁의 입장에선 난감하기 이를 데 없는 일이었다.

뭔가를 해야 할 것 같았지만 사실 이럴 땐 그냥 조용히 기다리는 게 상책이었다.

조금의 시간이 흐른 후였다. 장명호가 울음을 그치며 말했다.

"죄, 죄송해요. 제가 좀 감수성이 예민한 편이라서⋯⋯."

준혁은 입을 다문 채 장명호를 바라보았다. 그의 입에서 감수성이란 단어가 나와 살짝 놀랐기 때문이었다.

찐빵같이 부푼 얼굴, 잔뜩 홍조가 올라와 주근깨가 보이는 피부, 거기에 미쉐린 타이어의 미쉐린 맨처럼 잔뜩 살이 올라온 전신.

'편견을 갖지 말자. 편견을 갖지 말자.'

준혁은 마음속으로 인간에 대한 예의를 지키기 위해 노력했다. 아직은 장명호에 대해 잘 알지 못하니까 이 사람을 마음대로 예단하지 말자 싶었던 거였다.

그러는 사이 장명호가 눈물을 닦아 냈다.

"후우우⋯⋯."

한숨을 크게 내쉰 그가 말을 이었다.

"아까 보니 저 때문에 점심도 못 드신 것 같은데……. 늦었지만 제가 점심을 대접해도 괜찮을까요? 실례가 되지 않는다면 말이죠."

점심을 사는 게 뭐가 실례겠는가? 마침 엄청나게 배가 고프던 참이었다.

준혁은 당당하게 대답했다.

"네? 치킨이요?"

"예? 예에?"

"아아, 저는 장명호 씨가 치킨을 쏘신다는 줄 알고."

"어, 어흠! 치킨 드실래요?"

장명호가 어색한 표정으로 물었다.

✡ ✡ ✡

고시원 근처에 자리 잡고 있는 '가장 맛있는 치킨'집이었다.

와작! 와작!

준혁은 바삭하게 익은 닭다리를 들어 열심히 뜯었다. 물론 시원한 생맥주도 함께 곁들였다.

'치맥을 하지 않는 건 치킨에 대한 예의가 아니라고!'

황금빛으로 빛나는 치킨 옷은 그야말로 신의 선물이라 해도 과언이 아니었다.

준혁은 기분 좋게 치킨과 맥주를 즐겼다.

사실 장명호가 아니라도 저녁쯤엔 치맥을 하려 했었다.

게임 내에서 만난 이벤트 몬스터 마라디아! 놈을 사냥한 덕분에 상당한 돈이 생겼다. 그래서 오늘은 큰맘 먹고 저녁 외식을 하려 했는데, 그걸 장명호가 만족하게 해 준 거였다.

"그러니까 제가……."

장명호는 치킨을 뜯으며 자신에 관해 이야기했다. 준혁은 그런 장명호의 말을 들으며 간간이 질문을 던지기도 했다.

"나이가 23살이시라고요?"

"네, 맞아요. 제가 좀 노안이죠?"

"아……. 아니, 뭐……. 그런데 그래서요? 다음 이야기가 뭐였죠?"

장명호는 어렸을 때부터 지병을 앓고 있다고 했다. 운동을 하려고 해도 쉽게 찾아오는 피로 때문에 몸매 관리에 실패하고, 호르몬이 조절되지 않아 비만과 피부 문제에 시달린다는 거다.

준혁은 고개를 끄덕이며 말했다.

"열심히 노력은 하셨다는 말씀이네요."

"그렇죠. 하지만 그게 잘 안 되더라고요."

"결국 치료를 위해선……."

"돈이죠. 돈만 있다면 치료는 가능할 텐데. 후우……."

장명호가 안타까운 한숨을 내쉬었다.

그래, 장명호의 마음을 어찌 이해하지 못할까?

'이 사람은 낙오자가 아니야. 자신을 바꾸기 위해 노력하는 사람일 뿐. 단지 선천적으로 문제가 있는 몸이 안 따라와 줘서 그런 거야.'

사연을 듣고 보니 안타까운 마음이 들었다.

후르륵!

맥주를 한 잔 마시며 식사 자리를 끝내려 할 때였다. 무언가를 고민하던 장명호가 결심했다는 듯 말했다.

"강준혁 씨는 저를 구해 주신 분이니까 믿고 말씀드릴게요. 제발 다른 사람에겐 말하지 말아 주세요."

"무슨 비밀 같은 건가요?"

"네? 아, 네."

"그럼 안 들을게요."

"그, 그게 무슨……."

"이미 장명호 씨 입에서 흘러나온 말은 비밀이 아닙니다. 그렇다는 건 그 이야기가 저 이외 다른 사람에게도 흘러 나갈 수 있다는 말이죠."

"아니, 그게 아니라……."

"제가 말하지 않아도 비밀이 새어 나갈 수 있는 법. 괜한 오해 받기 싫습니다."

"아……."

장명호는 강준혁의 단호박 같은 태도에 화들짝 놀란 얼

굴이었다.

하지만 이내,

"역시! 보통 분은 아니시군요. 존경스럽습니다."

강준혁의 당당한 매력에 홀딱 빠진 듯한 얼굴로 말을 이었다.

"비밀을 지켜 달라는 말은 안 하겠습니다. 하지만 그래도 꼭 드리고 싶은 말이 있어서요."

"그렇다면 말씀해 보세요."

"혹시 아카식 월드를 아세요?"

"그런데요."

"아카식 월드의 접속 장치를 배포하던 첫날 운 좋게도 제가 그걸 받았습니다."

준혁은 고개를 끄덕였다. 고시원 식당에서 장명호가 접속 장치를 받으러 나갔다는 말을 들은 적이 있었다.

"그래서요?"

"그게… 준혁 씨는 제 생명의 은인 같은 분이니까, 원하시면 드릴게요."

"뭐를요?"

"아카식 월드 접속 장치요."

준혁은 놀란 눈으로 장명호를 바라보았다.

그 어렵게 받은 걸 선뜻 자신에게 주겠다니?

'뭐 이런 순진한 사람이 다 있어?'

대화를 나누며 장명호가 꽤 순수하고 착하며, 여린 감성의 소유자라는 건 파악했다.

하지만 그래도 그렇지.

"그걸 제가 왜 받습니까?"

"뭐라도 해 드리고 싶어서요."

이 사람 참…….

준혁은 부드럽게 미소 지으며 말했다.

"그럴 필요 없습니다. 그건 그냥 명호 씨가 즐기세요. 저는 치맥 얻어먹은 걸로 퉁 치겠습니다."

"아흐……. 그게 그래도……."

"정말 괜찮습니다."

"그러면 혹시라도 나중에 게임을 하시게 되면 꼭 저한테 연락해 주세요. 제가 도와드리겠습니다. 제가 다른 건 몰라도 게임엔 소질이 있거든요."

"그래요?"

"네. 제 캐릭명이 '멋쟁이-제임스'입니다."

"'멋쟁이-제임스'요?"

"맞습니다."

장명호가 얼굴을 붉혔다. 자신의 캐릭명에 붙은 멋쟁이라는 단어 때문에 준혁이 반문한 줄 알고 있는 거였다.

하지만 준혁은 그런 의도로 물어본 게 아니었다.

'이 사람이 정말 '멋쟁이-제임스'였다고?'

준혁의 미래에서 아카식 월드 역사상 가장 찬란하고 부유한 경제 도시를 건설한 영웅 하면 딱 한 사람이 떠올랐다. 그리고 그 사람은 다름 아닌 '멋쟁이-제임스'였다.

✡ ✡ ✡

'와우! 내가 '멋쟁이-제임스'의 은인이 될 줄이야!'

의도하지는 않았지만 꽤 쓸 만한 성과였다. 아니, 이건 꽤 쓸 만한 게 아닌 정말 대단한 일이다.

'멋쟁이-제임스'는 아카식 월드 내에서도 가장 냉혈한 영주로 소문나 있었다.

준혁은 고개를 끄덕였다.

'왜 그런 성격을 가졌는지를 알 것 같네.'

그리고 그 이유는 현실에서 철저하게 소외당하며 살아온 환경 때문이었다.

장명호는 자신의 참담한 현실을 바꾸기 위해 절박한 심정으로 게임을 했을 거다. 그 결과 엄청난 성과를 거둔 영주가 되기도 했고 말이다.

누구와도 협력하지 않고 오로지 홀로 빛나는 대단한 영주가 될 사내.

'미래엔 '멋쟁이-제임스' 영주와 손을 잡는 사람이 천하를 먹게 된다는 설이 나돌 정도였지.'

물론 이번 미래에도 그런 일이 벌어질지는 알 수 없었다. 하지만 그렇다고 해도 장명호는 쓸 만한 아군이 될 수 있을 터였다.

당연한 말이지만 준혁은 게임 내에서 다른 이들을 믿지 않을 생각이었다. 지난 삶에서 배신당한 뼈아픈 경험이 있으니까.

그렇지만 그렇다고 해서 다른 이들을 이용하지 않는다는 건 아니다. '아카식 월드'에선 결코 혼자서 성공할 수 없기 때문이었다.

수하를 모집하고, 땅을 차지해서 자신만의 영토를 만들어야 한다.

국가를 세우고 튼튼한 군대를 갖게 된다면 세계적인 재벌 못지않은 위치를 차지할 수도 있다. 그렇기에 '아카식 월드' 내에서 인맥 관리는 무엇보다 중요한 거였다.

"후후후!"

준혁은 기분 좋게 미소 지었다.

이번 사건으로 상당한 아군을 얻었다. 이보다 보람찬 하루가 또 있을까?

미래를 위한 계획이 차곡차곡 잘 만들어지고 있는 거였다.

다음 날 아침, 준혁은 게임에 접속했다.

접속 장치를 이용해 게임 속으로 로그인!

게임 안으로 들어서자 현실과 달리 넘쳐 나는 활력이 느껴졌다.

'역시! 이 맛에 아카식 월드를 하지!'

여전히 다른 시작 지점은 넘쳐 나는 사람들로 불만이 팽배한 상황이었다. 하지만 그럼에도 사람들이 아카식 월드를 포기하지 못하는 건 바로 이런 기분 때문이었다.

무력했던 사람도 단번에 활력을 느끼고, 우울했던 사람도 단 한 번의 접속으로 행복함을 느낄 수 있다!

더군다나 아카식 월드는 너무나 현실 같은 아름다운 가상 세계를 구현하고 있기도 했다. 즉, 사냥하지 않아도, 레벨을 올리지 않아도 이곳에 머무는 그 자체가 축복이다.

준혁은 팔다리를 휘저으며 앞으로 나섰다.

'어제 사냥으로 얻은 아이템들을 확인해 볼까?'

마라디아를 사냥해 얻어 낸 대단한 아이템들을 말이다.

그것들을 확인할 생각에 두근거림을 느끼고 있을 때였다.

띠링!

[마법 메시지가 도착했습니다. 확인하시겠습니까?]

'오오!'

누군가로부터 마법 메시지가 날아왔다.

준혁은 서둘러 메시지부터 확인했다.

제6장

충신

'메시지 확인!'
마음속으로 생각하자 메시지의 내용이 눈앞에 펼쳐졌다.

[발신자:지켄 / 수신인:렉스
내용:출정일이 다가왔네! 내일 오후 1시, 서문 앞에서 집결 후 출발할 걸세. 늦지 않게 합류하도록 하게.]

준혁은 손을 흔들어 눈앞에 있는 메시지를 지웠다.
'드디어 내일이구나!'
다행스럽게도 아카식 월드 내 게임 시각은 한국의 현재 시각과 같았다.

즉, 한국의 오후 1시가 아카식 월드 내에서도 오후 1시란 소리다. 내일 점심을 먹고 바로 접속을 하면 된다는 뜻이기도 했다.

"으흐흐!"

준혁은 기분 좋은 웃음을 흘렸다.

이번에 참가하게 될 토벌대는 다른 곳도 아닌 아벤 방어성의 토벌대다.

게임 오픈 초반대에는 이곳 아벤 방어성만큼 막강한 군사력을 가진 시작 지점이 없었다. 그렇다는 건 아벤 방어성의 토벌대야말로 완벽한 레벨 업 버스라는 거다.

레벨 업 버스. 자신보다 레벨이 높은 이들과 파티를 맺어 손 하나 까닥하지 않고 상대적으로 경험치 이득을 얻는 걸 말했다.

아벤 방어성의 토벌 작전이라면 상당히 높은 레벨의 몬스터를 사냥할 테니까.

그야말로 준혁에겐 레벨을 공짜로 올릴 좋은 기회였다.

'잘만 하면 전직도 하지 않고 50레벨까지 올릴 수 있겠어!'

이거야말로 가장 이상적인 상황이었다. 누구도 가져 보지 못한 최고의 성장 기회를 독식하는 기분이었다.

'그것이 바로 회귀한 사람의 특권 아니겠어?'

준혁은 고개를 끄덕였다.

자신은 남들이 믿지 않았던 '회귀의 물약'을 유일하게 믿았던 사람이다. 그리고 그 물약을 얻기 위해 무려 5년간이나 절박한 심정으로 매달리기까지 했다. 그만큼 노력해서 얻은 결과라면 이 정도의 혜택은 당연한 게 아닐까?

씨익-

준혁은 만족스러운 미소를 지었다.

'이번엔 또 다른 혜택을 확인해 볼까?'

인벤토리를 열었다.

어제 레드 존 초보 사냥터에서 운 좋게도 마라디아를 만났다.

준혁은 압도적인 전투력으로 이벤트 몬스터를 사냥했다. 굉장한 아이템들은 바로 그렇게 얻은 거였다.

우선 첫 번째로 확인한 건 방어구였다.

A등급 판금 갑옷과 A등급 판금 장갑!

준혁은 인벤토리에 있는 갑옷과 장갑을 보며 속으로 외쳤다.

'아이템 확인.'

그러자 눈앞에 아이템에 관한 정보가 떠올랐다.

[판금 갑옷]
등급:A등급 / Lv.1 / 승급률:0퍼센트
방어력:1,800
내구도:530/530

[판금 장갑]

등급:A등급 / Lv.1 / 승급률:0퍼센트

방어력:1,200

내구도:400/400

매우 일반적인 A등급 방어구였다.

하지만 그럼에도,

"으흐흐!"

웃음이 절로 나오는 건 바로 지금의 상황 때문이었다.

'내 레벨에 A등급 장비를 2개나 갖게 되다니!'

준혁은 분명하게 기억하고 있었다. A등급이라면 평균적으로 50레벨 이상의 플레이어가 착용하는 장비라는 걸 말이다.

그런데 준혁의 레벨은 고작해야 23이다. 따지고 보면 게임을 시작한 지 3일 만에 어마어마한 방어력을 가지게 된 거였다.

좋은 장비를 얻었다.

이런 건 구경만 하려고 가지고 다니는 건 아니니까.

준혁은 장비창을 열어 장비를 교체했다. 이제 쓸모없어진 초보 모험가용 갑옷과 장갑을 A등급으로 교체한 거였다.

상태창을 열었다.

렉스 / 모험가 / 레벨:23 / 경험치:48퍼센트
생명력:3,200 마나:1,440
전투력:350 방어력:3,795

"와우!"

상태창을 확인하고 있자니 탄성이 절로 나왔다.

A등급 갑옷과 장갑을 교체하기 전의 방어력은 840이었다. 그런데 D등급에서 A등급으로 교체하자 무려 3,795가 된 거였다.

'역시! 이 맛에 템빨 하는구나!'

다행이라면 아카식 월드에는 장비를 착용하기 위한 등급 제한이 없었다. 돈만 많다면 1레벨 초보도 화려한 장비로 장식할 수 있다는 의미였다.

막강해진 방어력! 분명 든든함이 느껴져야 정상이었다.

하지만,

'뭔가 찜찜해.'

상태창에서 어색함을 발견한 준혁은 시선을 돌려 공격력을 확인했다.

초보 모험가용 글라디우스의 공격력 120과 레벨 업당

+10 효과로 전투력이 350이 되었다. 뛰어난 방어력과 비교하면 초라하기 짝이 없는 공격력이었다.

'이래서야 사냥이 쉽지만은 않겠는걸?'

현재 준혁의 방어력은 준혁보다 최소 10~15레벨 이상의 몬스터들에게 공격당해도 버텨 낼 수 있는 수준이었다.

하지만 문제라면 전투력이었다.

그렇잖아도 레벨 차이 페널티로 인해 자신과 5레벨 이상 차이가 나는 몬스터를 공격할 시 1레벨당 2~3퍼센트씩의 공격력이 삭감된다.

그걸 생각하니 왠지 모르게 입맛이 썼다. 사람의 욕심은 끝이 없는 법이지 않던가?

'A등급 방어구 대신 A등급 무기가 나왔으면 좋았으련만……'

살짝 아쉬운 생각이 들었지만 어쩔 수 없는 일이었다.

그렇다고 해서 기대를 완전히 접은 건 아니었다.

준혁은 인벤토리를 열어 '최초인의 보상-무작위 상자'를 확인했다. 마라디아를 사냥해서 얻은 상자 10개와 어제 사냥으로 얻은 2개의 상자가 있었다.

'혹시 또 알아? 무작위 상자에서 무기가 나올지도?'

준혁은 기대에 찬 눈으로 무작위 상자를 하나하나 열어보기 시작했다.

무작위 상자의 확인이 모두 끝났다.

"흐으음……."

그러고 나자 저절로 한숨이 흘러나와 버렸다.

'최소한 B등급 이상의 무기가 하나쯤은 나올 줄 알았는데…….'

준혁은 입술을 살짝 깨물었다. 상자를 모두 열었지만 특별한 아이템이 하나도 나오지 않았기 때문이었다.

안타까운 일이었지만 12개의 상자를 개봉해서 얻은 건 물약 종류가 전부였다.

물론 물약이 나쁜 건 아니었다.

'하지만 아무리 그래도 그렇지, 12개나 되는 무작위 상자를 모두 깠음에도 불구하고 나온 아이템들이 소모성 물약뿐이라니…….'

준혁은 고개를 흔들었다. '최초인의 보상-무작위 상자'에 대한 기대감이 점점 떨어져 가고 있었기 때문이었다.

물론 그렇다고 해서 이 아까운 시간을 후회로만 보낼 수도 없는 법이다.

'어쩔 수 없다. 좋은 무기를 얻을 때까지는 상점용 무기를 쓰는 수밖에.'

회귀 전에도 느낀 사실이었지만 아카식 월드에서 무기를 얻기란 참 어려운 일이란 걸 새삼 깨닫는 시간이었다.

준혁은 '지역 귀환 주문서'를 사용해 아벤 방어성으로 돌아왔다.

당연한 말이지만 아벤 방어성으로 오기 전에 '지정 이동 주문서'를 사용하기 위해 초보 사냥터의 위치를 저장했다.

두 가지 주문서 모두 마라디아를 사냥해서 얻은 거다.

'지역 귀환 주문서'를 사용하면 플레이어가 있는 지역에서 가장 가까운 성이나 도시로 귀환시켜 준다. 그리고 '지정 이동 주문서'는 사용자가 저장해 두었던 장소로 이동시켜 주는 효과를 발휘한다. 둘 다 게임 내에서 자주 사용되는 유용한 기능이었다.

'성에 도착했으니 시작해 볼까?'

텔레포트 장소를 벗어난 준혁은 발 빠르게 움직였다.

캄푸차이의 천막과 잡화 상점을 들렀다. 어제 사냥을 통해 얻은 잡템을 처분하기 위해서였다.

그렇게 얻은 금화 수익이 3금화 85은화였다. 이틀간의 수익과 합치면 준혁의 금화는 총 1,007금화 27은화였다.

잡템을 처분했으니 이젠 무기를 구매할 차례였다.

준혁은 대장간으로 이동했다. 그러고는 그곳에서 C등급 장검을 하나 구매했다.

'아직 내 레벨에 구할 수 있는 건 이것뿐이구나.'

아벤 방어성의 대장간에는 D등급에서부터 A등급까지의 방어구와 무기를 판매하고 있었다.

하지만 준혁이 살 수 있는 등급은 오직 D와 C등급뿐이었다. 구매에 대한 레벨 제한 때문이었다.

20에서 30레벨 사이의 유저가 대장간에서 구매할 수 있는 건 오직 D등급과 C등급까지의 무기 및 방어구와 같은 철기류뿐이었다.

아카식 월드 내에서 제한하고 있는 규칙이었다. 아쉽지만 어쩔 수 없는 일이다.

준혁은 구매한 무기부터 확인했다.

[장검]
등급:C등급
공격력:450
내구도:250/250

지금까지 가지고 있었던 초보 모험가용 글라디우스보단 공격력이 330이나 높은 장비였다. 가격 또한 100금화나 된다. 상점용 아이템답게 가격이 높은 편이었다.

하지만 그렇다고 해서 아까워할 필요는 없었다. 돈을 아끼기보단 무기에 투자해서 빠르게 레벨을 올리는 게 이득이니까.

'사냥하다 보면 좋은 무기가 생기겠지!'

긍정적으로 생각을 바꾼 준혁은 대장간을 벗어나 '지정

이동 주문서'를 사용했다. 남은 시간 동안 사냥을 통해 레벨을 올리기 위해서였다.

✡ ✡ ✡

키리리릭!

전방에서 날카로운 집게발을 휘두르고 있는 건 황소보다 훨씬 큰 오염된 집게발 전갈이었다.

일반인이 레드 존에서 이런 몬스터를 맞닥뜨렸다면 오금이 저렸을지도 모를 일이다. 하지만 준혁은 달랐다.

검을 고쳐 잡은 그가 오염된 집게발 전갈을 노려보았다.

취리릭!

전갈은 하얀 딱지로 둘러싸여 있었다.

짧은 다리 때문에 바닥에 착 달라붙은 전갈이 등뼈처럼 생긴 꼬리를 뒤쪽으로 끌어당겼다. 놈의 주특기인 꼬리 공격이었다.

촤락!

오염된 집게발 전갈의 꼬리가 순식간에 쏘아져 준혁의 옆구리를 찔렀다.

"커흑!"

그러자 살을 파고드는 끔찍한 통증이 느껴졌다. 그와 동시에 5퍼센트의 생명력이 줄어들었다.

'이 망할 놈이!'

당하면 당할수록 두려움이 생기는 고통이다. 다리에 힘이 풀려 주저앉고 싶은 생각이 간절했다.

그러나 준혁은 어금니를 꽉 깨문 채 고통을 이겨 내며 양손으로 움켜잡은 장검을 휘둘렀다.

휘익- 퍼억!

장검을 오염된 집게발 전갈의 정수리에 내리꽂았다.

그 덕분이었는지,

케에에에!

빠각!

오염된 집게발 전갈의 생명력이 소진되며 산산이 부서져 버렸다. 놈이 죽은 거였다.

"후아!"

준혁은 개운하게 숨을 내뱉었다.

오염된 집게발 전갈의 레벨은 무려 34였다. 현재 28레벨인 준혁보다 6레벨이나 높은 몬스터였다. 그런 놈을 이렇게 죽일 수 있다고 생각하니 기분이 좋아졌다.

'역시 장비발이 최고다!'

물론 그렇다고 해서 상위 레벨의 몬스터가 위험하지 않은 건 아니었다. 단지 준혁이 위험을 무릅쓰고 이런 사냥을 하는 건 하이 리스크 하이 리턴이기 때문이었다. 강한 몬스터를 사냥한 만큼 상당량의 경험치를 획득할 수 있었다.

스스스-

분해된 오염된 집게발 전갈이 서서히 회색빛으로 변해 가는 순간이었다.

띠링!

[축하합니다. 레벨이 올랐습니다.]

레벨이 29가 되었다.

'예상대로구나!'

준혁은 주변을 둘러보았다. 안타깝게도 땅에 떨어진 아이템은 없었다.

하지만 그렇다고 해도 아쉽지는 않았다.

고작 3일이다. 3일 동안 열심히 사냥해서 무려 29레벨까지 올린 거였다. 이건 그야말로 대단한 일이다.

게임이 시작된 이후로 대략 일주일 정도는 접속 장치 적응 기간이나 마찬가지였다. 인간의 뇌가 전기적 자극에 쉽게 적응하긴 힘들었으니까. 그렇기에 준혁을 포함한 다른 유저들의 게임 플레이 시간은 적을 수밖에 없었다. 그리고 그렇다는 건 지금까지도 제대로 레벨을 올린 유저가 별로 없다는 이야기다.

'아카식 월드 커뮤니티!'

준혁은 게임 회사에서 만들어 놓은 게시판을 확인했다.

〈님들 그거 암? 나 오늘 개쩌는 10레벨 유저를 봤음.〉

┗→망상 즐.

┗→ㅋㅋㅋ 이거 우리 집에 황금 송아지 있다, 그거냐?

┗→하여간 인터넷 공간에는 붕신들이 넘침.

┗→아까 게임 방송에서 나왔는데, 아무리 열심히 해도 지금 상황에선 8레벨 만들기도 어렵다더라.

┗→ㄴㄴ 내가 공학도적인 입장에서 분석해 봤는데 8레벨은커녕 5레벨 만드는 것도 어려움.

이와 비슷한 글도 상당히 많았다.

유저들의 관심은 대부분 레벨 업과 관련된 부분이었다. 부족한 초보 사냥터와 제한된 접속 시간 때문에 생긴 일이기도 했다.

준혁은 커뮤니티창을 껐다. 그러고는 시간을 확인했다.

게임에 접속한 지도 어느덧 4시간 40분이 흘러가고 있었다.

'오늘도 접속 가능 시간이 조금 더 늘었구나.'

그건 긍정적인 부분이었다.

하지만 결국 5시간이 제한 시간이다. 하루하루 접속 가능 시간은 계속 늘어나겠지만 그렇다고 해도 아쉬운 건 어쩔 수 없는 노릇이었다.

'오늘은 여기까지!'

마음을 정리한 준혁은 게임을 빠져나왔다.

✡ ✡ ✡

 조금은 늦은 점심을 먹은 준혁은 식당을 빠져나왔다.
 술렁술렁.
 그러자 식당과 휴게실에 있던 여자들이 준혁을 보며 속닥거렸다.
 그는 이미 고시원 내에서 유명 인사였다.
 성범죄자 차재훈을 퇴출하는 데 일등 공신이 된 준혁은 고시원 여자들의 관심 대상 1호였다. 좋은 쪽으로 말이다.
 "흠흠!"
 남들의 시선에 저도 모르게 어깨에 힘이 들어갔다.
 회귀한 이후 지난 7일간 하루도 빼지 않고 아침 운동을 했다. 그 덕분이었는지 몸 여기저기에서 근육들이 느껴졌다.
 물론 몸이 엄청나게 달라진 건 아니었다. 대신 물렁물렁하던 살들이 조금씩 자리를 잡으며 단단한 근육이 되려고 준비하는 중이라고 해야 할까?
 '이거 갑자기 인기가 급상승하면 곤란한데?'
 살짝 쓸데없는 상상을 해 본 준혁은 미소 지으며 자신의 방으로 향했다.
 '어디 보자.'
 방으로 들어온 준혁은 스마트폰부터 확인했다.
 평범한 메일함이다. 혹여나 자신에게 온 메일이 있는지

를 확인한 거였다. 그것도 매일같이 말이다.

사실 준혁은 회귀한 첫날부터 자신이 기억하고 있던 메일 주소로 메일 한 통을 보냈었다. 그러고는 답장을 기다리는 중이었다.

회귀한 지도 어느덧 8일째가 되었다. 오늘 오전까지도 그의 메일함엔 기다리던 메일이 보이지 않았었다.

그런데 오늘!

'어? 있다?'

준혁은 눈에 익은 주소로부터 회신된 한 통의 메일을 확인할 수 있었다.

'이 자식!'

회신된 메일을 보자 저도 모르게 감정이 복받쳐 올랐다.

"후우!"

크게 숨을 내쉬어 떨리는 마음을 진정시킨 그는 조심스럽게 메일을 열어 보았다.

✡ ✡ ✡

"후후후!"

메일을 확인하자 저도 모르게 웃음이 나왔다. 그도 그럴 것이 그 안에는 한 사람의 신상 정보가 적혀 있었기 때문이었다.

'아오! 이 순진한 자식!'
준혁은 다시금 메일 내용을 확인했다.

〈이름:이병구 / 나이:20세 / 성별:남
직업:대학생 / 소속:대한 대학교 21학번 수학과
주소:서울특별시 서초구 신반포로 ZY아파트
전화번호:010-XXXX-XXXX〉

메일에는 개인의 사적 정보가 고스란히 담겨 있었다.
'빙구 성격 그대로구나.'
준혁은 고개를 끄덕였다.
이병구, 회귀 전 과거, 자신의 길드로 들어와 강력한 마법사로 활약해 주었던 아이였다.
녀석의 이메일 주소를 기억하고 있는 건 과거 이병구의 캐릭터 이름이 바로 녀석의 이메일 주소였기 때문이었다.
'Binggu21@fmail.com'.
녀석은 캐릭터를 설정할 때 이름을 입력하는 곳을 이메일을 입력하는 곳으로 착각하고 저렇게 입력하고 말았다.
캐릭터 이름 변경이 불가능했기에 빙구는 그 뒤로 줄곧 저 이름을 사용했다.
'설마설마했는데, 역시 녀석에겐 이런 게 먹히는구나.'
준혁은 이병구에게 보냈던 메일을 확인했다.

회귀한 이후 그는 이병구와 진심으로 연락을 취하고 싶어 했었다.

하지만 무턱대고 이메일을 보내 너랑 친해지고 싶다고 하기는 좀 어색한 상황이었다. 이때만 해도 준혁은 이병구를 알지 못했으니 말이다.

그래서 한 가지 꾀를 내었다. 그리고 그건 다름 아닌 광고성 메일이었다. 이병구에게 사은품 당첨 메일을 보낸 거였다.

'병구가 그걸 뒤늦게 발견한 거겠지.'

아마도 이병구는 오늘쯤에서야 준혁이 보낸 메일을 발견했을 터였다.

준혁이 보낸 메일의 내용은 이랬다.

〈개인 신상 정보를 보내 주면 추첨하여 '아카식 월드' 접속 장치를 받을 기회를 드립니다!〉

소극적인 성격이지만 게임을 매우 좋아하는 이병구였기에 이메일을 발견하자마자 숨도 안 쉬고 답장을 보낸 걸 거다. 어딜 가든 사기당하기 딱 좋은 성격의 소유자다.

'귀여운 녀석.'

준혁은 스마트폰의 전화 앱을 실행했다. 그러고는 대한대학교 수학과 조교실에 전화를 걸었다.

"여보세요? 대한 대학교 수학과죠? 오늘 1학년 수업 일정을 알 수 있을까요?"

오늘은 3월 8일, 월요일이었다.

(아, 네, 그게요…….)

조교가 1학년들의 수업 일정을 이야기해 주었다. 다행히 이병구의 수업은 아직 끝나지 않았다.

"감사합니다."

전화를 끊은 준혁은 책상 서랍을 열었다.

'이게 쓸모가 있을 수도 있겠는걸?'

그가 서랍에서 꺼낸 건 고성능 소형 카메라였다. 차재훈이 고시원에 숨겨 두었던 카메라 중 하나이기도 했다.

고해상도 화질에 원거리의 목표물이 내는 작은 소리까지 녹음할 수 있는 고성능 카메라다.

고시원에 숨겨져 있었음에도 경찰이 찾아내지 못한 건데, 차재훈 또한 이 카메라에 대해 진술하지 않은 듯싶었다. 굳이 범죄 증거를 늘릴 필요는 없는 거니까.

'어차피 버려진 거라면 필요로 하는 사람이 사용할 수도 있는 거잖아?'

카메라를 챙긴 준혁은 서둘러 고시원을 벗어났다.

강의실의 맨 뒷자리.

이병구는 숨을 죽인 채 수업을 들었다.

그는 남들과 눈을 마주치지 않기 위해 조심하며 교수님의 수업만 열심히 들었다.

공부는 자신 있었다. 실력을 믿은 덕분에 대한민국 최고의 대학교에 진학할 수 있었으니까.

하지만 문제라면 인간관계였다. 그는 언제나 사람이 무서웠다.

"자, 그럼 오늘 수업은 여기까지. 다음 시간까지 과제를 제출하도록."

오늘 수업이 모두 끝났다. 서둘러 가방을 챙긴 이병구는 강의실을 빠져나갔다.

가방을 메고 있긴 했지만 두툼한 전공 서적 하나를 품에 껴안았다. 가방에 자리가 없어서가 아니라 품에 뭐라도 안고 있어야 안심이 되기 때문이었다.

"하하하!"

"깔깔깔!"

대학교 캠퍼스 안에 있는 모두가 행복하게 보였다. 하지만 그 안에서도 이병구는 행복할 수 없었다.

그리고 그 이유는 바로,

"어이! 빙구! 빙구 새끼야!"

자신과 같은 대학교에 다니고 있는 바로 이놈 때문이었다.

"야! 너 수업 끝나면 나한테 바로바로 연락하라고 했지? 어? 이 빙구 새끼가 고등학교 졸업했다고 껍까지 상실한 거야?"

박원중. 이병구와 같은 중, 고등학교를 나왔으며, 체육 특기생으로 대한 대학교에 들어온 사내였다.

"미, 미안해. 잘못했어."

이병구는 박원중을 보며 떨리는 숨을 들이마셨다. 중학교 때부터 꾸준히 저놈에게 괴롭힘을 당해 왔기 때문이었다.

빵셔틀로 살아온 설움, 일진에 대한 트라우마.

"이거 들어."

박원중이 시큼한 땀 냄새가 나는 가방을 집어 던졌다. 그러고는 무서운 표정으로 말했다.

"따라와, 빙구 새끼야."

박원중의 말에 고개를 푹 숙인 이병구가 도살장에 끌려가는 가축처럼 뒤를 따랐다.

'대학에 진학하면 모든 게 달라질 줄 알았는데……'

중학교와 고등학교, 총 6년간 박원중의 빵셔틀로 살면서도 이병구가 버틸 수 있었던 건 오직 대학이라는 탈출구를 믿었기 때문이었다. 그가 죽지 않고 버틸 수 있었던 유일한 희망이었다.

하지만 그 희망도 박원중이 체육 특기생으로 대한 대학교에 합격하며 산산이 부서지고 말았다.

이병구는 슬픈 눈으로 하늘에 떠 있는 우주선을 바라보았다.

세상은 백팔십도 달라져 있었다. 그럼에도 자신을 구해 줄 사람은 아무도 없었다.

그의 머릿속엔 우울함과 슬픔만이 가득할 뿐이었다.

착-

"스읍……. 후우……."

담배를 한 모금 빨아들인 박원중이 야비한 눈으로 이병구를 노려보았다.

두 사람은 마치 화가 난 선생님과 죄를 지은 학생과도 같은 모습을 연출하고 있었다.

화난 모습의 박원중과 고개를 숙인 이병구.

이들이 서 있는 곳은 체육 대학이 있는 외진 장소였다. 주변 건물과 뒤쪽에 자리한 나무들 때문에 사람이 오지 않는 뒷골목 같은 곳이었다.

"스읍……. 흐으……."

담배를 한 모금 더 빨아들인 박원중이 코로 연기를 내뱉으며 말했다.

"돈 가지고 왔어?"

"그, 그게……."

"뭐야, 안 가지고 왔어? 이 새끼가? 나 오늘 미팅 있다고 현금 마련해 오라고 했잖아?"

박원중이 손을 들어 올렸다. 여차하면 이병구의 뺨을 후릴 태세였다.

그러자 움찔한 이병구가 말했다.

"미, 미안해, 원중아. 사실 오늘이 어머니 생신이셔. 선물을 사 드려야 하는데, 나도 돈이 부족해서……."

"이 미친 새끼가? 언제부터 상납금에 이유가 붙었어? 어? 니 엄마 생일에 눈탱이 밤탱이 돼서 인사드리고 싶어?"

박원중이 무섭게 눈을 치켜떴다.

그러자 이병구가,

턱-

무릎을 꿇고는 눈물을 흘리며 말했다.

"제, 제발, 원중아! 오늘만, 오늘만 봐줘라! 대, 대학생이 돼서 처음 맞는 어머니 생신인데… 서, 선물만은 꼭 사 드리고 싶어!"

보는 것만으로도 안쓰러울 정도로 비굴해 보이는 상황이었다.

지난 6년간 이병구는 단 한 번도 어머니 생신 때 선물을 사 드리지 못했다. 매일같이 박원중에게 돈을 뜯겼기 때문이었다. 이병구가 절박한 심정으로 매달리는 이유였다.

"이런 병신 새끼가?"

하지만 박원중은 오히려 잔인한 표정을 지을 뿐이었다.

놈이 말했다.

"너 이거밖에 안 돼?"

"으, 응?"

"너 대가리 좋아서 대한 대학교 합격한 거 아니었어?"

"그, 그게 무슨?"

"6년을 넘게 나한테 얻어터지고 돈을 갖다 바쳤는데도 아직도 몰라? 내가 니 애미 생일 따위 신경이나 쓸 거 같아? 니 븅신 같은 사정을 왜 나한테 이야기해?"

"아아……."

박원중이 발을 들어 올렸다.

기어오르는 놈은 무조건 패 준다!

이참에 이병구를 제대로 밟아 주자는 생각이었다.

하지만 그때였다.

"어이! 동작 그만!"

어디선가 굵직한 목소리가 들려왔다.

"뭐야? 어떤 새끼야?"

박원중이 신경질적으로 주변을 둘러보았다.

'누, 누구지?'

상대가 궁금했던 건 이병구도 마찬가지였다. 그는 눈물이 가득 고인 눈으로 목소리가 들린 쪽을 바라보았다.

그러자,

"응. 나야."

처음 보는 사내가 나무 사이에서 모습을 드러냈다.

그는 손에 든 카메라를 살랑살랑 흔들며 다가왔는데, 조금은 평범해 보이는 체형을 가진 사내였다.

✡ ✡ ✡

준혁은 박원중의 앞에 섰다. 놈은 엄청나게 어려운 수학 문제를 앞에 둔 사람처럼 어리둥절한 얼굴로 준혁을 바라보고 있었다.

'이해력이 엄청나게 달리는 새끼라더니······.'

하는 짓만 봐도 놈의 멍청함을 알 것 같았다.

박원중이 물었다.

"누구··· 세요?"

처음 보는 사람이니까 예의상 존댓말을 쓴 거였다.

준혁은 웃으며 말했다.

"응. 지나가는 사람."

"지나가는 사람?"

끄덕-

준혁의 말에 박원중이 허탈하게 웃으며 말했다.

"근데 왜요?"

"왜긴 왜야? 네놈 하는 짓거리를 보고 있자니 그냥 지나갈 수가 있어야지."

박원중의 표정이 서서히 굳어지기 시작했다.

"이런 뭐, 시발! 아저씨, 다치기 싫으면 그냥 지나가. 쓸데없이 참견하지 말고."

말하는 모양이 영 곱지가 않았다.

준혁은 시선을 돌리며 말했다.

"어이, 거기 무릎 꿇은 학생. 그러지 말고 자리에서 일어나. 뭐 하러 이런 미천한 새끼한테 무릎을 꿇어?"

"뭐, 뭐어?"

준혁의 말에 박원중의 인상이 와락 구겨졌다. 머리가 아무리 나빠도 이게 무슨 상황인지는 안다.

어디서 힘으로 져 본 적이 없는 박원중이다. 그런데 눈앞에 나타난 웬 일반인이 자신을 도발한다. 박원중은 이걸 참을 정도로 훌륭한 위인이 되지 못했다.

"어이, 아저씨! 뭘 잘못 드셨어? 왜 쓸데없는 일에 참견인데?"

자칫 건드리기만 해도 튀어 나갈 것 같은 분위기였다.

하지만 준혁은 여전히 여유로운 자세로 말했다.

"뭘 잘못 드셨다는 건 마약과 대마초를 처먹는 너 같은 새끼한테나 하는 말이지."

준혁의 말에 박원중의 표정이 딱딱하게 굳었다. 찔리는 게 있는 모양이었다.

그러나 그것도 잠시,

"이런 엿 같은 새끼가 보자 보자 하니까!"

머리가 나쁜 박원중에게 문제 해결 수단은 오직 주먹뿐이었다.

"바닥에서 벌벌 기면서 용서나 빌지 마라!"

박원중의 기세가 바뀌었다. 차재훈과는 수준 자체가 다른 무시무시한 눈빛!

운동 하나로 대한민국 최고 대학에 입학한 박원중이다. 물론 현직 국회의원인 아버지의 후광이 한몫하긴 했지만 말이다. 그렇다고 해도 몸을 쓰는 게 일반인과는 확연히 다른 놈이었다.

"이 개자식아!"

주먹을 들어 올린 박원중이 달려들었다. 준혁을 향해 곧장 쇄도한 것이다.

하지만,

팍!

준혁의 손이 훨씬 빨랐다.

"컥!"

박원중이 앞으로 뛰어나가는 자세 그대로 자신의 목을 움켜잡았다. 준혁의 손날에 목젖을 제대로 가격당했기 때문이었다.

'멍청한 놈.'

이런 놈을 처리하는 건 너무나 쉬웠다. 그리고 그건 미래를 살아 봤기 때문에 가능한 일이었다.

앞으로 5년 뒤, 아카식 월드의 레드 존을 공략하는 플레이어들은 권투나 이종, 종합 격투기 같은 운동을 배우게 된다. 게임 플레이에 도움이 되기 때문이었다.

준혁도 마찬가지였다. 회귀 전, 배신을 당하기 전까지 무려 15년 동안 종합 격투기로 몸을 다졌었다.

'몸이 예전 같진 않아도 눈이 달라진 건 아니거든.'

기분 좋게 미소 지은 준혁은,

쉬익- 퍼억!

강력한 펀치로 박원중의 옆구리를 가격했다.

"컥! 커억!"

그렇잖아도 목을 가격당해 숨을 쉬지 못하는 박원중이었다. 그런데 그런 때 옆구리를 때리다니!

털썩!

박원중이 바닥으로 널브러졌다.

"콜록! 콜록!"

크게 기침하며 간신히 숨을 빨아들이고 있었다.

"이제야 공기가 좀 소중하게 느껴지지?"

사악하게 미소를 지은 준혁은 얼굴이 시뻘겋게 달아오른 박원중의 배를 사정없이 걷어찼다.

"커허억!"

간신히 숨을 쉴 만하자 또다시 이어진 끔찍한 구타.

'죄 없는 사람을 괴롭힌 값이다!'

퍽! 퍽! 퍽!

준혁의 폭행은 멈출 줄을 몰랐다. 마치 박원중을 죽이기라도 하겠다는 기세였다.

당연한 말이지만 박원중을 죽일 마음은 없었다. 그렇다고 병원에 입원시킬 마음도 없었다. 그렇기에 고통만 가중시킬 뿐 몸에 큰 무리가 가지 않는 선에서 두들겨 패 주는 거였다. 물론 당하는 박원중의 입장에선 죽을 맛이겠지만 말이다.

"크흐흑!"

결국 박원중이 눈물을 터트리고 말았다.

'아무리 센 척을 해도 20살이면 애는 애지.'

준혁의 구타는 계속해서 이어졌다.

그러자,

"아흐윽! 자, 잘못했어요! 크흑! 제, 제발! 어흐흑! 그마안……."

박원중이 바닥을 벌벌 기며 용서를 빌기 시작했다.

'꼴사납기는.'

준혁은 열심히 움직이던 다리를 멈추었다.

"흐흐흐흑!"

박원중은 여전히 바닥에 웅크린 채 눈물을 흘리고 있었다. 적어도 몇 분 동안은 일어날 수 없는 상태이리라.

피식-

놈에게 섬뜩하게 미소를 보여 주었다.

부르르!

그러자 박원중이 악마라도 보았다는 듯 몸을 떨며 시선을 피했다.

'별것도 아닌 게.'

고개를 흔든 준혁은 여전히 바닥에 무릎을 꿇고 있는 이병구에게 다가갔다. 그러고는 손을 뻗어 일으켜 주었다.

녀석은 반쯤 넋이 나간 얼굴이었다.

이병구가 눈물이 가득 맺힌 눈으로 물었다.

"아, 아저씨는 누구세요?"

나이 23살에 아저씨 소리를 듣는 게 억울하긴 했지만 크게 신경 쓰진 않기로 했다.

"나?"

"네."

"훗!"

준혁은 이병구를 바라보며 푸근하게 웃었다.

말해 주고 싶지만 말해 줄 수 없는 진실이란 게 있다. 그렇기에 준혁의 입 안에서만 맴도는 말이다.

'네가 목숨을 바쳐 살려 준 사람이야.'

준혁의 전생에서, 이병구는 준혁을 살리기 위해 목숨을 바친 5명의 충신 중 1명이었다.

제7장

전설

 회귀 전에 당한 뼈아픈 배신! 생각하고 싶지 않은 끔찍한 사건들이었다.
 무려 20년의 세월을 거슬러 회귀한 준혁에게 실패로 점철된 과거는 떠올리기 싫은 괴로운 일이었다.
 하지만 그럼에도 강준혁이 그 당시 일을 기억하며 이병구를 찾아온 건 그가 바로 자신의 생명의 은인이기 때문이었다.
 '나를 위해 목숨을 바친 충신들만큼은 결코 잊을 수가 없지!'
 과거, 이병구는 강준혁을 구하기 위해 자신의 목숨을 아낌없이 던졌었다.
 배신으로 모든 걸 잃은 후 준혁이 폐인이 될 수밖에 없었던 이유. 그건 바로 자신을 위해 목숨을 바친 부하들에 대한 미안함 때문이었다.

'내가 과거로 돌아오고 싶었던 가장 큰 이유 중 하나이기도 하지!'

과거의 일을 생각하니 울컥하는 감정이 올라왔다. 하지만 그렇다고 해서 눈물이나 흘리며 감상에만 빠져 있을 수는 없는 일이었다.

"후우!"

숨을 크게 내뱉어 감정을 정리한 준혁은 이병구에게 말했다.

"일단 그 이야기는 이 녀석을 처리하고 해 줄게."

"그, 그게……."

"너는 그냥 있어. 내가 알아서 할게."

이병구에게서 시선을 뗀 준혁은 여전히 바닥에 엎드려 있는 박원중에게 다가갔다.

"흡!"

어찌나 놀랐는지 박원중이 움찔하며 뒤로 물러났다.

인간이란 동물은 참 단순하다. 누군가를 겁주고 제압하여 굴복시키면 자기가 굉장히 잘난 존재인 줄 안다. 하지만 그런 놈도 결국 동물인지라 또 다른 존재에게 굴복하고 지금처럼 겁을 먹는 거다.

준혁은 웅크리고 있는 박원중과 시선의 높이를 맞췄다.

부르르!

그러자 박원중은 마치 악마를 만난 듯 몸을 부들부들 떨었다.

준혁은 그런 박원중에게 자신이 가지고 온 캠코더를 들이밀었다.

『돈 가지고 왔어?』

『그, 그게…….』

『뭐야, 안 가지고 왔어? 이 새끼가? 나 오늘 미팅 있다고 현금 마련해 오라고 했잖아?』

이병구를 협박해 돈을 뺏으려는 영상이 흘러나왔다. 박원중의 악행이 고스란히 담겨 있는 장면이었다.

"이, 이게?"

박원중이 놀란 눈으로 강준혁을 쳐다봤다.

준혁은 사악한 미소를 지으며 말했다.

"너, 아버지가 국회의원이시지? 현직 국회의원 아들이 선량한 학생들 삥이나 뜯고 다닌다고 소문나면 참 좋을 거야? 너 아버지가 이번에 국가 청렴 위원회 위원장 되셨지?"

"저, 저기… 아저… 아, 아니, 형님!"

사태의 심각성을 깨달은 박원중이 절박한 심정으로 매달렸다.

'하여간.'

준혁은 고개를 흔들며 말했다.

"내 말 잘 들어. 또 한 번 저 학생 괴롭히면 이 영상은 인터넷에 올라간다. 그것뿐만 아니라 모든 방송국과 신문사, 그리고 청와대까지 청원이 올라갈 거야."

"아아……."

"그러니까 똑바로 행동해. 알았어?"

"그, 그러겠습니다."

"뭐, 대가리가 좋지 않다고 하니 이것도 이야기해 줄게. 괜히 경찰서 가서 폭행이니 뭐니 떠들어 대면 재미없어?"

"저, 절대로 그럴 일 없습니다. 그러니 제발… 부탁합니다."

이미 잔뜩 겁을 집어먹은 박원중이었다.

"훗!"

가볍게 일을 처리한 준혁은 손을 털고 일어났다. 그러고는 이병구에게 말했다.

"가자. 가서 이 형이랑 이야기 좀 하자."

"네? 아, 네."

상상조차 하지 못했던 구원자를 만난 이병구였다. 그는 이 상황을 벗어나기 위해 재빨리 강준혁의 뒤를 따랐다.

✡ ✡ ✡

대한 대학교 근처에 있는 오피스텔이었다.

자신의 방으로 들어선 박원중은 책상에 숨겨 두었던 대마초부터 꺼내 불을 붙였다.
 "후……. 이런 씨이! 아후! 이 엿 같은!"
 생각할수록 분노가 치밀어 올랐다.
 "이 개자식이 감히! 내가 누군 줄 알고!"
 화가 머리끝까지 오른 박원중은 이병구의 얼굴을 떠올렸다.
 '그 새끼가 꾸민 짓이 분명해!'
 자신을 무자비하게 폭행한 인간의 얼굴도 떠올렸다.
 부르르!
 그러자 저도 모르게 몸이 떨렸다.
 어찌 인간이 그리도 잔인할 수 있을까?
 박원중은 대마초를 들지 않은 손으로 자신의 복부와 옆구리를 문질렀다. 그 악마 같은 인간에게 얻어터진 곳이 여전히 욱신거리고 있었다.
 위기에서 벗어났다. 그리고 지금은 대마초까지 한 대 깊숙이 빨아들였다.
 '이 망할 새끼들! 내가 가만히 두나 봐라!'
 박원중은 무슨 수를 써서라도 이병구와 그 악마 같은 인간에게 복수하리라 다짐했다.

 박원중이 사는 원룸과 마주 보고 있는 건물 옥상이었다.

'단순한 새끼.'

준혁은 카메라에 달린 줌 기능을 이용해 열심히 대마초를 빨고 있는 박원중을 촬영했다.

저놈에 관한 이야기는 과거 이병구의 입을 통해 들어서 알고 있었다. 그리고 그게 이병구가 강준혁에게 빠진 이유이기도 했다.

자신의 아픈 과거를 누구보다 진실한 마음으로 듣고 보듬어 준 사람이다. 이병구는 그런 강준혁에게 친형제와도 같은 형제애를 느끼게 되었다.

재밌는 건 이병구도 박원중이 마약을 하고 있다는 걸 나중에 알게 되었다는 거였다. 지금으로부터 대략 1년 뒤? 물론 현재는 그런 사실을 알지 못하고 있었지만 말이다.

'저 지랄을 하려고 이놈 저놈한테 돈을 뜯은 거겠지?'

차라리 잘된 일이었다.

'이참에 끝장을 내 버려야겠다.'

준혁은 처음부터 박원중을 믿지 않았다. 폭력 앞에 머리를 숙여도 뒤돌아서면 다른 생각을 하는 게 인간이니까. 강압적인 분위기에서 해방된 박원중이 잔머리를 굴릴 거란 확신이 있었다.

후환을 남겨 두고 떠난다? 그건 멍청한 짓이다. 저런 놈은 쓴맛을 제대로 봐야 한다.

'감옥에서 푹 썩고 나오면 병구도, 그리고 나에 대한 생

각도 잊게 되겠지?'

물론 그때쯤이면 이병구의 성격도 확실히 달라져 있을 테고 말이다.

'마약은 안 좋은 거라고, 국회의원 아들 양반.'

준혁은 스마트폰을 들었다. 그러고는 곧장 경찰서로 전화를 걸었다.

✡ ✡ ✡

"엄마, 생신 선물이에요."

"어머? 네가 정말 선물을 사 왔다고?"

이병구의 모친인 임순옥이 놀란 눈으로 아들을 쳐다봤다.

초등학교를 졸업한 이후로 이병구는 한 번도 부모의 생일에 선물을 건넨 적이 없었다. 부모 입장에선 매우 가슴 아픈 일이었다.

하지만 어쩌겠는가? 슬픈 일이지만 그러려니 하고 넘어갈 수밖에 없는 게 부모의 마음이다.

이병구의 부모는 소심하고 내성적인 아들이 그나마 공부라도 잘하는 걸 커다란 위안으로 삼고 살아왔다. 그런데 그랬던 녀석이 웬일로 선물을 들고 온 거였다.

"벼, 병구야?"

임순옥이 눈물 가득한 눈으로 자기 아들을 바라보았다.

"제가 너무 무심했죠? 그동안 죄송했어요."

이병구의 말에,

"네가 죄송할 게 뭐가 있어? 난 그저 우리 아들이 자랑스러울 뿐인데."

임순옥이 이병구를 품에 안았다.

20살이 된 이병구의 입장에선 그저 부끄럽기만 한 일이었다. 하지만 오늘은 어머니의 생신이었다. 이 정도 간지러움은 참아야 마땅했다.

'내 인생에도 봄날이 오는 걸까?'

어머니의 품에 안긴 채 이병구는 자신을 구해 준 강준혁을 떠올렸다.

마치 영화에서나 보던 슈퍼 영웅을 눈앞에서 마주한 기분이랄까?

'그분이 나를 구해 주셨어.'

그는 지난 6년간 이어 온 자신의 감옥 같던 삶을 끝내 준 사람이었다.

믿기지가 않았다.

물론 불안한 마음도 있었다.

과연 박원중이 이대로 포기할까?

놈의 잔악한 성격을 떠올리면 부정적인 생각도 들었다.

같은 날 저녁.

"이, 이게 진짜라고?"

인터넷을 확인한 이병구는 자신의 눈을 의심했다.

〈현직 국회의원의 아들 구속! P 씨는 서울의 D 대학 근처 원룸촌에서 마약 혐의로 체포되어 경찰에 구속…….〉

유명한 포털 사이트에 대문짝만하게 뜬 기사였다.

이미 댓글에는 대한 대학교 체육과에 다니는 학생이라는 소문이 파다하게 흘러나오고 있었다.

'이건 누가 봐도 박원중인데?'

박원중이 잡혀 들어간 걸까? 마약 혐의라면 대학교에서도 잘리는 거고?

저도 모르게 기대감이 드는 순간이었다.

드으으-

스마트폰에 메시지가 들어왔다.

발신인은 그다지 친하지 않은 고등학교 동창이었다. 자신과 함께 박원중 무리에서 빵셔틀을 했던 녀석 말이다.

녀석이 보낸 메시지를 확인했다.

「내가 알아보니까 오늘 뉴스에 나온 국회의원 아들이 박원중이라더라. 제대로 벌 받은 거지. 축하한다, 이병구.」

다분히 부러움이 가득 담긴 메시지였다.

"허어……."

진짜였다. 진짜로 박원중이 감옥에 가게 생긴 거였다.

그렇다는 건 망할 박원중 놈으로부터 완전히 해방되었다는 소리다.

'너는 형을 만난 게 진짜 행운이다. 이 형이 네 인생을 완전하게 바꿔 줄게.'

학교에서 자신을 구해 준 강준혁이 했던 말이었다.

'그 형이… 진짜 나의 수호천사였을까?'

학교 카페에서 강준혁이 말했었다. 자신이 보낸 메일에 답을 한 사람은 이병구 하나뿐이라고, 그리고 그 보상으로 도와주겠다고 했다.

단, 남들에게 이 사실을 발설하지 말라는 말도 했다. 비밀을 지켜 달라는 소리였다.

강준혁은 그것만 지켜 주면 앞으로 좋은 일이 있을 거라고 말했었다.

"크흐흑!"

이병구는 저도 모르게 눈물을 흘렸다.

한 사람을 만남으로 인해 지옥 같았던 자신의 삶이 백팔십도 달라지게 생겼다. 이 얼마나 기분 좋은 날인가?

물론 아까까지만 해도 긴가민가한 생각이 있었다. 강준혁의 말이 사실인지를 믿을 수 없었으니까.

하지만 지금은 달랐다. 박원중이 경찰에 체포되는 모습을 보았으니 말이다.

'준혁 형은 내 생명의 은인이나 마찬가지다. 목숨을 바쳐서라도 그분을 따라야 한다!'

이병구는 6년 만에 처음으로 해방된 기분을 맛보았다. 그리고 그 덕분에 그의 마음속에 뿌려진 강준혁에 대한 충성심이란 씨앗이 빠르게 뿌리내리고 있었다.

✡ ✡ ✡

다음 날 아침이었다. 운동을 끝낸 준혁은 스마트폰을 들어 집에 전화했다.

(아, 여보세요.)

"아버지, 저예요."

(공부 안 허냐? 왜 하루가 멀다고 전화하는 겨?)

과거로 회귀한 이후 준혁은 하루도 빼먹지 않고 집에 전화했다.

예전 같았으면 절대 하지 않았을 일이었다. 하지만 지금은 달랐다.

나이를 먹고 부모님을 잃어 봤다. 두 분의 소중함을 누구보다 뼈저리게 느끼고 있는 준혁이었다.

"저 공부 열심히 하고 있다고 말씀드리려고요."

(그거 자랑하려고 아까운 시간을 낭비하며 전화를 해?)

아버지는 언제나 무뚝뚝하기만 했다. 그런 아버지 성격 같아선 이쯤에서 전화를 끊으셨어야 정상이었다.

그런데,

(그래, 공부는 할 만하고? 혹시 돈 같은 거 필요해서 그런 건 아니여?)

불같이 화만 내실 줄 알았던 아버지도 아들과의 매일 같은 통화에 성격이 조금씩 바뀌고 있었다. 그것이 바로 부모의 마음이었다.

'단지 표현하는 방법을 모르실 뿐, 아버지는 언제나 나를 사랑해 주셨으니까.'

울컥하는 감정이 올라왔지만 간신히 참아 낸 준혁이 말했다.

"저는 잘 지내고 있어요. 아버지도 약주 조금만 드시고 건강 챙기세요."

(내 건강 내가 알아서 챙긴다. 타지에 나가 사는 놈 건강이 더 문제지. 너나 건강 챙겨라.)

그게 끝이었다. 아버지가 전화를 끊으신 거였다.

"후후!"

준혁은 웃음을 터트렸다.

예전 같았으면 생각지도 못했을 통화 내용이었다.

과거, 돌아가시기 전까지 준혁은 아버지와 그리 좋은 관계를 유지하지 못했었다. 서로의 성격 차이 때문이었다.

너무 뒤늦게 깨달았던 거였다. 그따위 성격 차이 말이다.

아버지와 자신은 너무 화를 참지 못했던 것이었다. 하지만 그런 건 부모의 죽음 앞에서 하등 쓸모없는 감정이었다는 걸 너무나 뒤늦게 깨닫고 말았다.

'조금만 기다리세요. 아버지, 그리고 어머니. 이번 삶에선 제대로 성공해서 두 분을 호강시켜 드릴 테니까요.'

성공을 향해 달려 나가는 건 당연한 일이다. 하지만 이번 삶이 회귀 전 삶과 다른 건 그 이유에 부모님이 포함되어 있다는 거였다.

✡ ✡ ✡

점심을 먹은 준혁은 곧장 아카식 월드로 접속했다.

스스슥-

간지러운 느낌과 함께 게임 안으로 들어왔다. 장소는 어제 로그아웃한 곳이었다.

준혁은 지역 귀환 주문서를 사용해 아벤 방어성으로 돌아왔다.

현재 시각은 12시 30분.

상점들을 돌아다니며 잡템을 판매하고, 대장간에 들러 내구성이 떨어진 장비들을 수리했다.

모든 준비가 끝난 건 12시 50분쯤이었다. 준혁은 곧장 히든 퀘스트인 '아벤 방어성 토벌대'가 있는 서문으로 향했다.

"와우!"

서문에 도착하자 정렬하고 있는 토벌대가 시야에 들어왔다.

대략 눈으로만 확인해도 수십 기의 기사와 수백 명의 병사가 보인다.

'이거 심장이 두근거리는걸?'

오랜만에 느끼는 감정이었다.

전장으로 떠나기 위한 기사들과 전투를 위해 살아가는 병사들의 기운이 한가득하였다. 비록 게임 속 상황이었음에도 저들이 내뿜고 있는 아드레날린이 느껴질 정도였다. 오직 전장을 향하는 이들에게서만 느낄 수 있는 강렬함이다.

준혁은 상기된 표정으로 토벌대에게 다가갔다.

그런데 그때였다.

"이거 보게, 거기. 자네는 무엇 때문에 이곳으로 오는 거지?"

말에 올라탄 채 근엄한 표정을 짓고 있는 사람이었는데, 그는 반짝이는 갑옷을 입은 기사였다.

'이 사람은?'

그는 아벤 가문의 문장이 그려진 망토를 두르고 있었다.

머리 위에 떠 있는 호칭과 이름을 확인했다.

[아벤 방어성의 영주-아이칼]

그는 다름 아닌 성의 영주이자 이번 토벌대를 이끄는 책임자였다.
준혁은 영주에게 말했다.
"이번 토벌대에 참가하기로 한 모험가입니다."
"모험가?"
준혁의 말에 아이칼 영주가 인상을 찡그리며 말했다.
"아무리 봐도 자네는 저레벨의 모험가구먼. 그 레벨로 토벌대에 참여하겠다? 그거야말로 자살행위! 안 될 말일세!"
영주의 태도가 강압적으로 변했다.
순간 분위기가 차갑게 가라앉았다.
'뭐야, 이건?'
예상치 못한 전개에 준혁은 당혹스러울 수밖에 없었다.
그런데 그때였다.
띠링!
[돌발 퀘스트 발생!]
'돌발 퀘스트?'
느닷없는 퀘스트에 의아함이 몰려왔다.

'퀘스트 확인!'

준혁은 서둘러 내용부터 불러냈다.

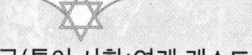

[영주의 요구(특이 사항:연계 퀘스트)]

천상 무인인 아이칼 영주는 레벨이 낮은 당신이 마음에 들지 않습니다. 아이칼 영주의 마음에 들게 하십시오. 그렇지 못하면 '아벤 방어성 토벌대' 퀘스트는 실패입니다.

난이도:S

완료 조건:

1. 아이칼 영주를 설득해 토벌대에 참여하라.

2. 토벌 중 노력하여 아이칼 영주의 마음에 들어라.

제한 시간:없음

퀘스트 보상:

'아벤 방어성 토벌대' 퀘스트 재실행

'마라디아의 보상 상자' 작동

'이런!'

준혁은 혀를 차고 말았다.

생각지도 못한 연계 퀘스트라니!

이걸 잘못했다간 소중한 토벌대 퀘스트가 중단될 수도 있다.

'무슨 이딴 게 다 있어?'

준혁은 허탈함을 느꼈다. 어쩐지 모든 일이 너무 쉽게만 흘러간다 싶었다.

높은 레벨을 보유한 토벌대와 함께하는 토벌 사냥! 참여하는 것만으로도 준혁의 레벨을 50 이상으로 끌어 올릴 수 있는 그야말로 꿀이 흐르는 퀘스트다.

그런데!

'아후!'

갑자기 영주가 나타나 돌발 퀘스트를 던진 거였다.

'도대체 왜?'

의심이 갈 수밖에 없는 일이었다.

준혁은 전체 내용을 다시금 훑었다. 그러자 보상 내용이 눈에 들어왔다.

'어?'

퀘스트 보상에 나타난 건 다름 아닌 '마라디아의 보상 상자'였다.

'그러고 보니……'

접속 2일 차에 필드에서 마라디아를 만났었다. 레드 존 이벤트 몬스터 말이다.

놈을 사냥하고 상당히 많은 아이템을 얻었었다. '마라디아의 보상 상자'는 그 안에 포함되어 있던 아이템 중 하나였다.

'맞아!'

분명 그 당시에 '마라디아의 보상 상자'를 얻었었다. 하지만 이상했던 건 그다음 접속 때부터 인벤토리에서 '마라디아의 보상 상자'가 보이지 않았었다.

'크게 신경 쓰지는 않고 있었는데……'

준혁은 서둘러 인벤토리를 열었다. 그러자 그동안 보이지 않았던 '마라디아의 보상 상자'가 자신을 봐 달라는 듯 깜빡이고 있었다.

'이거 수상한데?'

시선을 '마라디아의 보상 상자'로 옮겼다.

그러고는,

'개방.'

상자를 열려 하자,

띠링!

[마라디아의 보상 상자는 '영주의 요구' 퀘스트를 완료해야 열 수 있습니다.]

시스템이 방해 메시지를 내보냈다.

'이거구나!'

준혁은 그제야 느닷없이 돌발 퀘스트가 실행된 이유를

알 것 같았다. 모두 마라디아의 보상 상자 때문인 거다.

이건 일반적인 상황과는 완전히 달랐다. 보상 상자로 인해 실행된 퀘스트라면 분명 일반적인 보상은 아닐 터였다.

'대체 얼마나 좋은 아이템을 주려고?'

기대감이 일긴 했다. 하지만 그렇다고 해서 고민이 되지 않는 것도 아니다.

'굳이 저 영주를 만족하게 하면서까지 이 퀘스트를 진행해야 할까?'

돌발 퀘스트는 S등급 난이도다. 거기에 영주를 어떻게 설득해야 할지도 아직은 알 수 없었다.

그렇다면?

일단은 이해득실을 따져 보는 게 순서다.

준혁은 퀘스트를 통해 얻을 수 있는 것들부터 생각해 봤다.

최소 21레벨 이상을 단숨에 올릴 기회, 보상으로는 100케넌-캐시와 경험치 200퍼센트, 거기에 A등급 판금 부츠까지.

더욱 궁금한 건 바로 '마라디아의 보상 상자'였다.

'으흠……'

전체적인 크기로 봤을 땐 그야말로 대박 보상의 기회다. 이런 건 포기하기에 너무나 아깝다.

그리고 그중에서 강준혁을 가장 흔들리게 하는 건 바로 전직하지 않고 자신의 레벨을 50 이상까지 끌어 올릴 수도 있는 거였다.

'이것만큼은 정말 포기하기 어려운 건데……'

준혁은 크게 숨을 내뱉었다.

전직하지 않고 50레벨을 넘길 수 있는 절호의 기회다! 이건 너무나 매력적인 거였다.

이유가 뭐냐고?

아카식 월드에선 30레벨이 되면 전직을 해야 한다. 현재의 모험가 직업에서 자신이 원하는 직업으로 변경할 수 있는 전직 자격이 생기기 때문이다.

전직!

기사나 마법사, 혹은 궁사 같은 직업으로 전직하면 그에 따른 전투력과 방어력 보상을 얻는다!

쉬운 사냥과 빠른 레벨 업을 위해 너 나 할 거 없이 전직을 하는 이유다.

하지만 준혁은 그런 평범한 전직을 원하지 않았다. 그 이유는 30레벨 이후 모험가로 레벨 업을 했을 때 얻을 수 있는 혜택 때문이었다.

혜택은 다름 아닌 '스킬 포인트'다.

아카식 월드에선 30레벨 이후부터 1레벨을 올릴 때마다 스킬 포인트를 1개씩 얻을 수 있다.

게임 내에서 스킬 포인트는 매우 중요한 역할을 하고 있었다.

아카식 월드는 다른 게임과 달리 스탯 포인트 대신 스킬 포인트로 캐릭터를 키운다. 공격 스킬이나 마법 스킬, 혹은 생산 스킬 같은 것에 포인트를 투자하여 자신만의 캐릭터를 만드는 거다.

준혁이 집중하고 있는 게 바로 이거였다.

'전직하지 않은 모험가는 30레벨부터 1레벨을 올릴 때마다 스킬 포인트를 2개씩 얻을 수 있지.'

이 얼마나 거대한 혜택인가?

남들보다 2배에 해당하는 스킬 포인트를 얻는다. 그렇게 50레벨 이상이 된다면?

'남들보다 무려 20개 이상의 스킬 포인트 이득을 볼 수 있어!'

이건 실로 대단한 혜택이었다.

그렇다면 누구나 전직하지 않고 모험가 신분으로 레벨을 올리면 되지 않느냐고?

그게 쉽다면 누가 전직을 하겠는가? 누구나 좋은 혜택을 얻기 위해 전직을 늦추었겠지.

문제라면 30레벨 이후의 사냥과 레벨 업이었다. 그리고 그건 전직하지 않은 모험가에게 주어지는 벌칙이었다.

10분의 1로 줄어드는 경험치.

30레벨 이후 방어력이 향상되는 몬스터.

유저 간 파티로 얻을 수 있는 경험치의 급감 효과.

또한 더욱 가슴 아픈 건 모험가라는 직업이 가진 태생적 한계였다. 바로 느린 공격 속도와 허약한 방어력이었다. 즉, 전직하지 않으면 레벨 업을 포기해야 할 상황이 온다는 거다.

이것이 바로 준혁이 히든 퀘스트를 받고 기뻐했던 이유였다. 토벌대에 속하면 그 모든 페널티를 털어 내고 모험가로서 레벨 업을 할 수 있으니까!

그런데 갑자기 연계 퀘스트가 발동하며 방해하고 있었다.

'이렇게는 안 된다!'

으득!

어금니를 꽉 깨물었다.

무슨 수를 써서라도 토벌대에 참여해야 하니까!

준혁은 아이칼 영주를 바라보았다. 여전히 그는 준혁의 대답을 기다리고 있었다.

생각하는 시간이 길긴 했지만 상관없었다. 어차피 저들은 NPC(Non-Player Character)다. 일종의 실제와 비슷한 AI들인데, 퀘스트 결정 순간에는 지금처럼 뜸을 들여도 특별히 문제 될 건 없었다.

'아무리 생각해도 이건 포기할 수가 없다!'

준혁은 마음속으로 결심을 굳혔다.

뭐든 부딪쳐 본다.

해 보지 않고 포기하는 건 자신의 성격이 아니었다. 그렇기에 아이칼 영주에게 말했다.

"영주시여."

"말하라, 모험가."

"나는 당신의 토벌대와 함께해야겠소."

"뭐라?"

준혁의 당돌한 말에 아이칼이 눈에 쌍심지를 켜며 말했다.

"레벨도 낮은 모험가가 어찌 나의 토벌대와 함께하겠다는 것인가!"

콰앙!

호랑이와 같은 일갈이 터져 나왔다. 그와 함께 강력한 기운이 사방으로 펴져 나갔다.

"크흑!"

준혁은 자신의 몸을 휘감는 기운에 신음했다.

일종의 '워 크라이' 스킬처럼 상대를 압박하는 위협 효과가 발동된 거였다. 이런 상황을 처음 겪는 유저라면 괴로움에 모든 걸 포기했을지도 모를 일이었다.

온몸이 밧줄에 꽁꽁 묶인 듯 답답함과 괴로움이 느껴졌다. 물론 그렇다고 해서 포기할 준혁은 아니었다.

"이익!"

준혁은 전신에 힘을 주었다. 마치 가위에 눌렸을 때 벗어나는 방법과 같이 빠르게 몸을 틀었다.

'흥! 이따위 스킬, 회귀 전에 수천 번도 더 빠져나와 봤다!'

손가락과 같이 작은 부분에 집중하자 놀랍게도 영주의 강제가 풀렸다.

"후아!"

준혁은 별거 아니라는 듯 양어깨를 풀었다.

그러자,

"무, 무슨?"

준혁의 호기로운 행동에 영주가 놀란 눈을 했다.

하지만 그렇다고 해도 영주의 마음을 쉽게 바꾸지 못할 거란 걸 준혁은 잘 알고 있었다.

'내가 이 게임을 모를까?'

회귀 전 20년에 가까운 시간을 게임에 투자했던 준혁이다. 그렇기에 이런 상황조차 여유롭게 느껴지는 거였다.

피식-

준혁은 재미있다는 듯 웃었다.

그러자,

"우, 웃어?"

오히려 당황하는 건 아이칼 영주였다.

그리고 그런 준혁의 영향을 받은 이들!

웅성웅성.

준혁의 과감한 행동 때문이었는지 기사와 병사들이 동요하기 시작했다.

"레벨도 낮은 모험가가 영주님의 호통을 이겨 냈어."

"역시 소문대로군. 보통 모험가가 아니야."

"이야! 저 친구 정말 물건은 물건이야!"

"이거 영주님이 곤란하게 됐는걸?"

저마다 수군거리고 있는 기사와 병사들.

기회를 잡은 준혁은 당당한 자세로 아이칼에게 말했다.

"이번 토벌대는 백성들의 안전을 지키기 위한 것! 나 또한 아벤 방어성의 모험가로서 의무를 다하고자 참여하려는 겁니다!"

"흐음……."

준혁의 말에 아이칼 영주가 난감한 표정을 지었다.

준혁이 보여 준 모습 때문에라도 이미 토벌대의 기사와 병사들은 그를 환영하는 분위기였다. 그렇기에 단박에 거절하기는 어려운 상황이었다.

빠르게 생각을 정리한 아이칼 영주가 말했다.

"그대는 백성들을 위해 토벌대에 참여하겠다, 이건가?"

"그렇소!"

"그렇다면 내가 시키는 모든 일을 할 수 있겠는가?"

"어떤 일을 말하는 겁니까? 설마 말도 안 되게 높은 레벨의 몬스터와 싸우라는 겁니까?"

"나 또한 무인일세. 레벨이 낮은 자네를 사지로 몰지는 않을 걸세. 대신 나 또한 그대를 완전하게 믿을 수 없는 상황. 하찮은 일이라도 함께할 생각이 있는 건가?"

하찮은 일?

'호오! 이거구나!'

준혁의 눈이 번쩍였다.

자칫 이 게임에 대해 모르는 사람이 봤다면 이번 퀘스트를 실패할 거라 생각할 것이다. 그러나 준혁은 오히려 이걸 기회로 생각했다.

'영주의 마음이 조금씩 열리고 있는 거야.'

토벌대에서 완전히 배제하려던 사람을 참여시키겠다고 말했다.

대신! 영주는 준혁이 얼마나 끈기 있고 책임감 있는 존재인지를 실험하고 싶어 하는 것일 거다.

'그런 거라면 대환영이지!'

준혁은 고개를 끄덕이며 대답했다.

"아벤 방어성과 토벌대를 위한 일이라면 어떤 일이든 마다치 않겠습니다!"

준혁의 포부 넘치는 대답에 영주의 눈빛이 조금 변했다.

'이 친구, 정말 보통은 아니군.'

아이칼 영주는 준혁을 바라보며 말했다.

"좋다. 그렇다면 토벌대에 참여하도록 하라."

영주의 말에,

"하하! 잘됐군! 정말 잘됐어!"

"저런 친구라면 함께할 만하지!"

"렉스 저 친구! 정말 뚝심 있군그래!"

병사들이 환호하며 반겨 주었다.

준혁은 영주의 표정을 살피며 말했다.

"토벌대에 합류시켜 주셔서 감사합니다."

안타까운 일이지만 아이칼 영주의 얼굴은 여전히 딱딱하기만 했다.

아이칼이 말했다.

"너무 기뻐하진 말게. 그다지 쉬운 여정은 아닐 테니까."

"어떤 일이든 마다치 않고 즐거운 마음으로 참여하겠습니다."

"그러든가."

말 머리를 돌린 아이칼은 자신의 기사들이 있는 곳으로 향했다. 그러면서 마음속으로 생각했다.

'흥! 내가 시키는 일을 얼마나 버티나 보자. 제대로 버티지 못하면 당장 쫓아낼 테니까!'

✡ ✡ ✡

둥! 둥! 둥!

출정식을 끝낸 토벌대가 엄청난 위용을 자랑하며 행진을 시작했다.

50기의 기마 기사와 200의 중갑 기사, 그리고 그 뒤를 받치고 있는 500명의 중갑 보병. 또한 20명의 공격 마법사와 20명의 치료 마법사도 합류해 있었다.

그리고 거기에 더해진 한 명의 모험가.

준혁은 총 790의 NPC와 대규모 파티를 맺고 있는 거였다.

물론 토벌대를 따라 보급 부대가 출발할 것이다. 하지만 저들은 전투 인력이 아니었기에 굳이 파티를 맺을 필요는 없었다.

"전군! 전진 앞으로!"

군대의 행군이 시작되었다.

오랜만에 느끼는 군대의 행진!

준혁은 심장의 박동에 맞춰 행군하는 군대의 뒤편에서 당당한 걸음으로 이들을 따랐다.

이곳은 레드 존, 아벤 방어성 밖에 위치한 사냥터였다.

"전방의 1진 부대 중갑 보병! 전투태세!"

"1진 부대 전투태세!"

처적- 처억-

지휘관이 내지른 마법 음성에 전방에 위치한 부대가 기다란 창을 앞으로 뻗으며 전투태세를 취했다. 필드를 장악한 몬스터를 해치워야 계속 전진이 가능하니까.

'케르토르 부락에 도착할 때까지는 이런 식으로 사냥이 진행되겠지?'

이거야말로 공짜로 레벨 업 하는 즐거운 상황이다!

"공격!"

지휘관의 명령과 함께,

"우! 우! 우!"

"우! 우! 우!"

"우! 우! 우!"

1진에 선 부대가 창을 찔러 대며 전방을 메운 몬스터들을 순식간에 도륙했다.

그와 동시에,

띠링!

[축하합니다. 레벨이 올랐습니다.]

[축하합니다. 레벨이 올랐습니다.]

[축하합니다. 레벨이 올랐습니다.]

준혁의 시선으로 레벨 업 메시지가 마구 떠올랐다. 단 한 번의 공격으로 3레벨을 올린 거다!

'이건 정말 대박이다!'

그런데 그게 끝이 아니었다.

"전방에 몬스터가 깔렸다! 갈수록 강한 놈들이다! 1진과 2진은 교체 준비! 3진 부대도 전투를 준비하라!"

케르토르 부락에 도달할 때까지 높은 레벨의 몬스터들을 만나게 될 거다. 이런 식으로 행군한다면 마을에 도달하기 전에 상당한 레벨을 올릴 수 있을 터였다.

그리고 그렇다는 건? 준혁이 엄청난 속도로 레벨을 올리게 된다는 소리다.

준혁은 전방을 바라보며 생각했다.

'나는 전설이 된다!'

그야말로 행복한 시간이 시작된 거였다.

제8장

곡괭이

"아벤의 토벌대! 정지!"

"정지! 정지!"

토벌대가 케르토르 부락이 보이는 언덕 위에서 멈춰 섰다.

빠른 걸음으로 대략 20여 분만 가면 다다를 수 있는 거리였다. 그곳에는 다르칸 종족 중 하나인 케르토르의 드넓은 부락이 자리 잡고 있었다.

아이칼 영주가 앞으로 나서 적군 진영을 확인했다. 그러고는 고개를 돌려 확성 마법을 사용해 전군에 명령했다.

"우리는 이곳에 전진 기지를 세운다. 케르토르 부락이 코앞이다. 긴장을 늦추지 말도록!"

"명 받들겠습니다!"

"병영은 보급 부대가 도착한 후에 짓는다."

"울타리를 만드는 게 우선이다. 저기 숲이 있다. 보급대가 도착하는 대로 공병대 일꾼들을 보내 나무를 해 오도록."

"각자 막사를 지을 장소를 확보하라!"

"움직여! 움직여!"

아벤 방어성에서 이곳에 이르기까지 대략 2시간가량 이어진 행군이었다. 700명의 중갑 기사와 병사들이 무자비하게 전진해서 이곳에 다다른 거였다.

토벌대의 행군으로 인해 이들이 지나온 필드는 그야말로 초토화되고 말았다. 그리고 그 덕을 제대로 본 사람은 바로 준혁이었다.

'으하하!'

준혁은 속으로 웃었다.

토벌대의 무자비한 행진으로 인해 50레벨은 물론 60레벨, 70레벨대의 몬스터들이 수백, 수천 마리씩 죽어 나갔다. 그리고 그렇게 죽어 나간 몬스터들의 경험치는 고스란히 배분되어 준혁에게도 돌아왔다. 그 덕분에 2시간 만에 상당한 레벨을 올릴 수 있었다.

현재 준혁의 레벨은 45였다.

'정말 짜릿하구나!'

오늘 접속했을 때의 레벨이 29였다. 그런데 현재는 45이니 고작 2시간 만에 16레벨을 올렸다는 결론이 나온다.

16레벨! 모험가의 신분으로 쉽게 올릴 수 있는 레벨은 아니다.

물론 불가능한 것도 아니었다. 단지 그만큼 많은 시간을 버려야 하는데, 그건 효율이 매우매우 떨어진다.

과거에도 어떤 용자가 나서서 모험가로서 올릴 수 있는 최대 레벨을 실험한 적이 있어 알고 있는 거였다. 그리고 용자가 모험가로서 50레벨에 다다르는 데까지 걸린 시간은 무려 3년이었다.

대단한 일이긴 했다. 하지만 굉장히 비효율적이고 의미 없는 일이기도 했다. 차라리 그 아까운 시간을 낭비하지 말고 전직해서 사냥했으면 돈이라도 벌었을 거다.

'하여간 세상은 넓고 미친놈도 많지.'

준혁은 고개를 흔들어 잡생각을 지웠다. 지금은 그저 이 행복감을 맛보고 싶을 뿐이었다.

'아직 케르토르 부락을 공략하지도 않았는데 45레벨까지 올렸다면……'

케르토르 부락을 모두 쓸어버리고 나면 대체 얼마나 높은 레벨에 다다를 수 있을까? 그걸 생각하니 저도 모르게 심장이 두근거렸다.

토벌대 출정 전에는 모험가로서 50레벨까지만 올려도 행복할 것 같다고 생각했다. 그런데 그랬던 것이 벌써 45레벨이 되었다. 그것도 일반 필드 몬스터만을 처치했을 뿐인데 말이다.

'그렇다면 설마······.'

준혁은 순간 번뜩하는 무언가를 떠올렸다. 그리고 그건 자신이 얻게 될 레벨에 관한 거였다.

지금과 같은 진행이라면 이 퀘스트가 끝날 때쯤엔 못해도 70에서 80 사이의 레벨이 될 수도 있을 터였다.

모험가의 신분으로 70에서 80레벨에 올라선다는 건 정말 대단한 일이었다. 남들과 비교하면 40에서 50개의 스킬 포인트를 더 얻을 수 있다는 뜻이니 말이다.

"후우!"

준혁은 크게 숨을 내뱉었다.

40~50개의 스킬 포인트!

아카식 월드 내에선 레벨이 높아지면 높아질수록 가장 아쉬워지는 게 바로 스킬 포인트였다. 스킬 포인트를 이용해 스킬의 레벨을 올리면 공격력은 물론 방어력과 마법 능력까지 엄청나게 올릴 수 있으니까.

매우 소중한 스킬 포인트다.

하지만 그런 스킬 포인트도 1레벨을 올릴 때마다 1개씩밖에 주지 않는다는 제한이 걸려 있다. 그런데 이런 상황에서 이렇게나 엄청난 혜택을 맛볼 수 있다니!

'30레벨 이후의 모험가만이 받을 수 있는 혜택이지.'

이건 회귀 전에도 경험해 보지 못한 짜릿함이다.

이거야말로 놓칠 수 없는, 아니 놓쳐서는 안 되는 기회.

준혁은 퀘스트창을 불러냈다.

'"영주의 요구" 퀘스트의 완료 조건.'

[완료 조건]

1. 아이칼 영주를 설득해 토벌대에 참여하라.(완수)
2. 토벌 중 노력하여 아이칼 영주의 마음에 들어라.
　-아이칼 영주에게서 얻은 마음:5퍼센트

"으흠……."

아이칼 영주의 압박을 뚝심 있게 버텨 낸 덕에 1번 완료 조건을 완수했다. 덕분에 토벌대에 참여도 했고 말이다.

하지만 문제라면 2번, 아이칼 영주의 마음이었다.

'지금까지 고작 5퍼센트밖에 못 얻었다 이거지?'

아이칼 영주는 깐깐한 사람이다. 그렇다는 건 그의 마음을 얻는 게 상당히 힘들다는 이야기다.

하지만 준혁은 결코 물러날 생각이 없었다. 아이칼 영주가 시키는 일을 해내지 못해 이런 노다지 같은 퀘스트를 잃을 수는 없는 거니까.

그렇게 생각하니 마음이 조급해지기까지 했다.

'먼저 나서자. 내가 직접 나서서 아이칼의 마음을 사자!'

결심을 굳힌 준혁은 서둘러 지휘관 막사가 있는 곳으로 향했다.

보급대가 조금 전에 도착했기에 아직 지휘관 막사가 지어져 있지는 않았다. 현재는 공병대원들이 바쁘게 움직이며 막사를 지을 자재를 나르고 있을 뿐이었다.

아카식 월드는 일반적인 게임과 달리 모든 부분이 이토록 현실에 가까웠다.

'하여간 세세한 부분까지 신경 쓴 걸 보면 정말 대단한 게임이라니까.'

잠시 감탄한 준혁은 시선을 돌려 기사들과 함께 서 있는 아이칼 영주를 찾아냈다.

뜸을 들일 필요는 없었다. 그렇기에 곧장 아이칼 영주에게 다가갔다. 그러자 준혁을 발견한 아이칼 영주가 의외라는 표정으로 말했다.

"뭔가? 나한테 볼일이라도 있는 건가?"

"그렇습니다."

"그래, 무슨 일인가?"

"영주께서는 백성과 토벌대를 위해 나에게 잡다한 일이라도 시킨다고 했습니다. 그러니 어서 일을 주시오."

"으음?"

아이칼 영주의 눈이 커졌다. 준혁의 말에 놀란 거였다.

아이칼은 고개를 갸웃하며 생각했다.

'뭐지, 이 당당함은?'

남들 같았으면 잡스러운 일을 하고 싶지 않아 자신의 눈을 피해 다녔을 터였다. 하지만 자신의 앞에 서 있는 렉스(준혁)는 달랐다. 그는 오히려 당당하게 찾아와 자신에게 일감을 요구하고 있었다.

'이거 봐라? 꽤 부지런한 모험가인걸?'

흡족함을 느낀 아이칼의 입꼬리가 살짝 올라갔다. 저도 모르게 미소를 지은 거였다.

'이거 먹히나 본데?'

준혁은 서둘러 퀘스트의 완료 조건을 확인했다.

[완료 조건]

2. 토벌 중 노력하여 아이칼 영주의 마음에 들어라.

    -아이칼 영주에게서 얻은 마음:10퍼센트

'좋아!'

이번 행동 하나로 아이칼의 마음을 5퍼센트나 더 얻었다. 준혁의 회심의 일격이 먹힌 거였다.

하지만 어려운 퀘스트인 만큼 분위기가 바뀌는 건 순식간이었다.

아이칼의 얼굴에서 미소가 사라졌다. 그러고는 눈을 좁히며 준혁을 쳐다봤다.

아이칼은 생각했다.

'흥! 아무리 그래도 이자는 레벨이 낮은 모험가일 뿐이다. 대견한 일을 한 번 했다고 완전하게 인정해 줄 수는 없는 거지!'

깐깐한 성격만큼 의심도 많은 그였다.

아이칼이 말했다.

"자네가 원한다면 일감을 주지. 지금 우리 공병대가 울타리를 짓고 있을 걸세. 작업반장인 무스타를 찾아가게. 내가 보냈다고 하면 알 걸세. 그곳에 가서 곡괭이질을 하면 되네."

띠링!

['영주의 마음' 퀘스트를 위한 서브 퀘스트]

내용:아이칼 영주가 당신에게 하찮은 일을 시켰습니다.

얼어 있는 아벤 영지의 땅을 파는 건 매우 고된 일입니다.

포기하지 말고 열심히 일하십시오.

완료 조건:곡괭이로 땅을 파서 울타리를 완성하라.

보상:아이칼 영주의 마음 10퍼센트

준혁은 모험가이자 전사이다. 즉, 이번 토벌대에서 담당해야 할 부분은 전투라는 거다. 그런데 아이칼은 그런 준혁에게 잡일 중의 잡일을 시키고 있었다.

일반적인 유저라면 짜증을 낼 법한 상황이었다. 하지만 준혁은 그러지 않았다. 오히려 기분 좋게 생각했다.

'후훗! 이렇게 쉬운 일을 시키다니!'

그렇기에 밝은 얼굴로 영주에게 말했다.

"백성과 토벌대를 위한 일이라면 무슨 일이든 못하겠소. 지금 당장 달려가리다!"

하찮은 일을 전혀 하찮게 생각지 않는 자세다.

'이거 봐라?'

아이칼 영주의 눈이 다시 한 번 커졌다.

그와 동시에,

띠링!

[아이칼 영주의 마음 5퍼센트를 더 얻었습니다.]

한 번의 보상이 더 주어졌다. 준혁에 대한 아이칼의 생각이 그만큼 변하고 있다는 뜻이었다.

준혁은 기분이 좋았지만 겉으로 표현하진 않았다. 오직 자기 일에만 몰두하는 모습, 그런 남자다운 모습으로 곧장 작업반장인 무스타를 찾아 나섰다.

"영주님이 보내셨다고요?"
"그렇소."
"어허! 그래서 영주님께서 렉스 씨에게 이런 하찮은 일이나 하라고 했단 말이오?"
"그것도 그렇소."

준혁의 말을 들은 작업반장 무스타가 머리를 긁적였다.

준혁은 최근 아벤 방어성 내에서 인지도가 올라간 모험가다. 또한 백성들을 위해 토벌대에까지 참여한 전사이기도 하고 말이다. 그런데 그런 사람에게 곡괭이질을 시켜야 한다니…….

이런 분위기 때문이었는지 주변 공병대원들이 수군거렸다.

"모험가 렉스는 필드 사냥을 하는 사람이야. 그런데 그런 사람에게 곡괭이질을 시키다니."
"이번엔 영주님이 너무하셨군."
"이런 건 우리 같은 평민들이나 하는 일인데……."

모두가 하나같이 준혁을 안쓰럽게 생각하는 분위기였다.

하지만 그런 분위기 속에서도 준혁을 얕잡아 보는 이들이 있었다.

"딱 보아하니 3시간 안에 곡괭이를 집어 던지고 도망가게 생겼군."

"아, 왜 아니야? 비실비실한 모험가가 곡괭이질이나 제대로 하겠어?"

"손이 다 까져서 엉엉 울면서 집에 가겠지."

"어떤가? 우리 내기 한번 안 해 보겠는가?"

"보나 마나 포기할 텐데 내기는 무슨 내기? 누가 모험가 렉스에게 돈을 걸겠나?"

어차피 다 들리는 수군거림이다.

'아무리 게임이라고는 하지만······.'

몇몇 공병대의 일꾼들 때문에 준혁의 오기가 끓어올랐다.

'두고 보자!'

준혁은 두 눈에 힘을 주며 말했다.

"이것은 백성들과 토벌대를 위한 일! 작업반장! 내게 곡괭이를 주시오!"

준혁의 상남자다운 태도에,

"오오!"

"대단한 투지다!"

"보통 오기가 아니야!"

몇몇 공병대 일꾼들은 감탄했고,

"쳇! 그래 봐야 얼마 못 간다."

"이 추운 날씨에 손 껍데기가 벗겨져 봐야 정신을 차리지."

"아마 손이 너덜너덜해질걸?"

몇몇 공병대 일꾼들은 비아냥거렸다.

준혁은 신경 쓰지 않았다. 오직 자신이 해야 할 일에만 집중할 뿐이었다.

단단하게 생긴 작업반장 무스타가 곡괭이를 내밀었다.

"모험가 렉스의 뜻을 알겠소. 작업을 시작하시오!"

띠링!

[볼품없는 곡괭이를 획득하였습니다.]

준혁은 나무 몸체에 금속 머리를 가진 곡괭이를 잡아 들었다. 그러자 눈앞에 작업해야 할 장소가 발아래에서부터 꽤 멀리 보이는 장소까지 반투명 붉은색으로 표시되었다.

시간을 끌 필요는 없었다.

이깟 작업!

"퉤! 퉤!"

준혁은 양손에 침을 뱉어 비볐다. 그러고는 곡괭이를 들어 올려 땅을 찍었다.

그러자,

때엥!

돌덩이처럼 딱딱한 땅의 충격이 그대로 손으로 전달되었다.

"크윽!"

역시나 얼어붙은 땅인 곳이다. 그런 곳을 곡괭이로 찍었기에 이런 현상이 오는 거였다.

더군다나 이곳은 레드 존이다. 통각 일치율이 무려 40퍼센트에 이르는 곳이란 소리다.

'아후!'

손이 욱신거렸지만 티를 내지는 않았다. 자신을 바라보며 이죽거리고 있는 몇몇 공병대 작업자들 때문이었다.

'내가 아프고 힘들어할수록 저놈들은 더욱 신나 하겠지?'

저런 놈들에게 약한 모습을 보이기 싫었다. 아니! 이딴 고통을 참지 못해 천금 같은 기회를 날리는 우를 범하는 것이 더욱 싫었다.

'나! 강준혁이다! 강준혁! 회귀 전 5년 동안 강화 토끼만 미친 듯이 잡았던 바로 그 강준혁!'

준혁은 온몸에 힘을 주었다.

이따위 곡괭이질도 제대로 해내지 못하고 어찌 멀고도 먼 성공을 이룰 수 있단 말인가?

한다. 하고야 만다. 반드시 해내고 말 거다!

곡괭이의 손잡이를 고쳐 잡은 준혁은,

까앙! 까앙!

최선을 다해 얼어붙은 땅을 파내기 시작했다.

4시간이 흐른 후였다.

"후우! 후우! 후우!"

곡괭이질을 시작한 이후로 준혁은 단 한 번의 휴식 시간도 없이 미친 듯이 땅만 팠다.

물론 처음엔 상당히 어려웠다. 숙련도 엉망인 데다 이곳은 고통이 느껴지는 레드 존이다. 작업으로 인한 고통이 고스란히 전달되고 있었다.

하지만 그렇다고 해도 준혁은 포기하지 않았다. 이를 꽉 깨문 채 곡괭이질만 한 거였다.

그러자 공병대 일꾼 NPC들이 하나둘 준혁을 인정하기 시작했다.

"허어! 저 사람 저거!"

"아니, 사람이 어떻게 4시간 동안 허리 한번 안 펴고 곡괭이질만 할 수 있지?"

"이거야 원! 공병대원 10년 만에 저런 독종은 처음 보는구먼!"

심지어 준혁을 얕잡아 봤던 NPC들까지! 준혁을 인정하고 있는 거였다.

그 덕분이었는지,

띠링!

[렉스 님의 지역 명성이 +10 되었습니다.]

[렉스 님께서 '독종' 호칭을 얻으셨습니다.]

몇 가지 게임상의 효과가 발휘되기도 했다.

['독종' 호칭으로 인해 근성 +1 효과가 발휘됩니다.]

'후후후! 이까짓 일쯤이야!'

회귀 전 미친 듯이 매달렸던 지겨운 토끼 사냥에 비하면 아무것도 아니었다.

웅성웅성.

준혁은 사람들의 반응을 신경 쓰지 않고 계속해서 땅을 팠다. 그 덕분에 숙련도가 올랐다.

까앙! 까앙!

땅을 파는 속도도 점점 빨라졌다.

준혁은 그렇게 땅만 파고 있었다.

그런데 그때였다. 영원히 멈출 것 같지 않았던 그가,

멈칫-

드디어 작업을 멈추었다.

"뭐, 뭐야? 왜 멈추는데?"

"무슨 일이 있는 거야?"

"너무 힘이 들었나? 하기야 나라도 저 정도로 했으면 퍼졌을 거야."

그 때문이었는지 준혁을 바라보던 NPC들이 술렁였다.

그런데 그때였다.

저걱, 저걱-

곡괭이를 든 준혁이 빠른 걸음으로 작업반장 무스타에게 다가갔다.

"오오!"

순간 모든 이의 시선이 준혁과 무스타에게 향했다.

✡ ✡ ✡

꿀꺽!

준혁의 접근에 잔뜩 긴장한 무스타가 군침을 삼켰다.

공병대원으로 잔뼈가 굵은 그다. 하지만 그런 무스타라도 지금 눈앞에 서 있는 렉스(준혁)만큼이나 패기 넘치는 공병대원을 본 적이 없었다.

포기할 줄 모르는 자세, 대단한 자신감, 거기에 남들이 무시하는 일조차 꼭 성공해 내고 말겠다는 근성까지. 무스타는 저도 모르게 렉스를 응원하고 있었다.

'제발 포기하지 마라.'

그리고 그건 렉스를 바라보는 다른 공병대원들도 마찬가지였다.

"나는 영주가 렉스를 마음에 들어 했으면 좋겠어."

"이걸 이겨 내면 영주도 렉스를 인정할 텐데……."

"아……. 제발 포기하지 마, 렉스!"

한 사람의 행동이 주변 사람들에게 영향을 미치고 있었다. 하지만 문제라면 작업 시작 4시간 만에 렉스(준혁)가 자신에게 다가왔다는 거였다.

무스타가 조심스럽게 물었다.

"무, 무슨 일이오? 혹시 곡괭이질이 너무 힘들어 일을 포기라도 하려는……."

무스타가 말을 끝마치기도 전이었다.

척-

준혁은 자신의 곡괭이를 들어 무스타에게 내밀었다.

"아!"

"저런!"

"이렇게 끝인가?"

그런 행동 때문이었는지 사람들 사이에서 탄식이 터져 나왔다. 준혁의 행동을 보고 그가 곡괭이질을 포기하려는 건 줄 안 거였다.

하지만 준혁의 대답은 의외의 것이었다.

준혁이 말했다.

"곡괭이가 다 닳았소. 나에게 새로운 곡괭이를 주시오!"

"무, 무슨?"

"저, 정말 곡괭이가 닳도록 곡괭이질을 했다는 말인가?"

"무쇠 곡괭이가 다 닳아? 허어! 저런 독종!"

모두의 시선이 준혁이 들고 있는 곡괭이로 향했다. 그러자 보이는 뭉툭해진 곡괭이의 머리!

그런데 그게 다가 아니었다.

누군가 소리쳤다.

"저기 보게! 곡괭이 자루 말일세! 저거 핏자국 아닌가?"

"마, 맞아! 핏자국이야! 그것도 딱딱하게 굳은!"

"이럴 수가! 손이 까졌는데도 계속해서 곡괭이질을 했다는 말 아닌가?"

"이거 정말 대단하구먼!"

사람들의 말을 들은 무스타가 서둘러 렉스의 뭉툭해진 곡괭이를 받아 들었다. 그러고는 자루부터 확인했다.

"이, 이건?"

맞았다. 딱딱하게 굳은 핏자국, 이거야말로 성스러운 노동의 표시다.

맡은 바 임무를 다하기 위해 고통을 참아 내며 일한 자만이 만들어 낼 수 있는 혈흔! 공병대원들이 배워야 할 살아 있는 교훈이었다.

무스타는 감격스러운 얼굴로 말했다.

"당신은 내가 지금까지 봐 온 그 어떤 공병대원들보다 훌륭한 공병대원이오!"

무스타의 말에 준혁은 고개를 흔들며 대답했다.

"지금 같은 상황에 그런 칭찬이 무슨 소용이 있겠소. 우리는 적을 무찌르기 위해 출정을 나왔소. 나에게 주어진 소임을 다할 뿐. 나에게 곡괭이를 주시오."

준혁의 말이 끝남과 동시에,

"으아아아! 정말 대단하다!"

"역시! 포기하려던 게 아니었어!"

"저거야말로 진정한 공병대원의 자세다!"

"멋지다! 정말 멋져!"

이곳저곳에서 환호성이 터져 나왔다.

열광적인 분위기 때문이었는지 무스타의 얼굴도 붉어졌다.

그와 동시에,

띠링!

[공병대원들이 당신을 존경합니다. 당신에 대한 공병대원들의 존경심이 +30이 되었습니다.]

새로운 게임 효과가 발동되었다.

'후훗! 역시나 이런 효과는 변함이 없구나!'

준혁은 만족감을 느꼈다.

이곳 언덕에 도착한 이후로 지금까지 그가 해 온 행동은 모두 치밀한 계산 아래 이루어진 것들이었다.

영주의 마음을 얻으려면 주변 사람들로부터 인정을 받아야 한다. 회귀 전 오랜 기간 게임을 하며 터득한 부분이었다. 또한 과거에 준혁이 아쉽게 생각했던 부분이기도 했다. 바로 NPC들에게 인정받는 거였다.

정보 없이 아카식 월드를 접하는 사람들은 NPC들을 무시하기 일쑤였다. 일반적인 게임과 똑같다고 생각했으니까.

하지만 그건 큰 오산이다.

유저가 NPC들을 무시하는 행동이 쌓이면 쌓일수록 '불통'이라는 수치가 올라간다.

'소통'과 '불통'은 육안으로 확인할 수 없는 히든 스탯.

'불통' 수치가 어느 이상 올라가면 NPC들이 유저에게 비협조적으로 행동하기 시작한다.

한 번 실패하면 되돌리기 어렵다. 그것이 바로 NPC들과의 '소통'이었다.

그걸 알고 있기에 준혁은 NPC들과의 '소통'을 이런 식으로 차곡차곡 쌓아 올리고 있는 거였다. 그리고 그건 바로 아카식 월드의 진정한 지배자가 되기 위함이었다. 준혁의 치밀한 계획이 계속 진행 중이란 소리였다.

"여기 있소. 새로운 곡괭이."

무스타가 지긋한 눈으로 곡괭이를 내밀었다.

"으음?"

지금까지 봐 왔던 곡괭이와는 전혀 다른, 상당히 고급진 모양의 곡괭이였다.

준혁은 손을 뻗어 무스타가 내민 곡괭이를 받아 들었다.

그러자,

띠링!

[딜튠의 곡괭이 1개를 습득하였습니다.]

시스템이 곡괭이에 대해 알려 주었다.

'딜튠의 곡괭이라고?'

이름이 있는 곡괭이다. 그렇다는 건 일반적인 곡괭이와는 다른 등급이 있는 아이템이라는 의미였다.

'설마 득템?'

준혁은 서둘러 아이템부터 확인했다.

[딜툰의 곡괭이]

등급:S등급 / 승급률:0퍼센트

작업력:15,000

내구도:84,000/84,000

드워프의 제작 장인 딜툰이 훌륭한 일꾼을 위해 만든 튼튼한 곡괭이입니다.

'S등급의 곡괭이라고?'

열심히 일하는 준혁을 위해 무스타가 내민 곡괭이였다.

이건 빌려주는 게 아니라 준혁에게 주는 선물이다.

준혁은 놀란 눈으로 무스타를 쳐다봤다. 그러자 무스타가 인자한 표정으로 말했다.

"당신 덕분에 공병대원으로 살아온 내 삶이 자랑스러워졌소. 감동이었소! 그렇기에 이 선물을 주는 거요. 고맙소!"

과하다 싶을 정도로 대단한 선물이었다.

이런 선물을 받아도 되나 싶은 생각이 살짝 들었지만,

'주는 건데 받아야지!'

준혁은 서둘러 간지러운 마음을 집어 던졌다.

좋은 아이템은 내 거다. 억지로 빼앗은 것도 아니고 말이다.

순수한 마음으로 내민 선물이 아닌가?

준혁은 진심을 담아 말했다.

"고맙소, 무스타."

그러자 무스타가 뿌듯한 미소를 지었다.

그거면 된 거다.

이번엔 시선을 돌렸다. 자신을 바라보고 있는 공병대원들을 향해서였다.

준혁은 번쩍이는 곡괭이를 든 채 말했다.

"무엇들 합니까? 우리는 지금! 최전선에 있소! 우리가 빨리 울타리를 만들어야 아벤의 토벌대가 안전할 수 있지 않겠습니까? 우리야말로 아벤 토벌대의 수호자입니다!"

"아, 아벤 토벌대의 수호자?"

"저, 저게 무슨 말이야?"

준혁의 말에 다들 어리둥절한 표정을 지었다. 하지만 준혁은 그런 이들을 신경 쓰지 않고 계속해서 말했다.

"우리는 단순한 막일꾼이 아니오. 우리 손으로 만든 울타리가 적들로부터 아벤 토벌대를 지켜 낼 거요. 그렇다는 건 우리가 바로 토벌대를 지켜 낸다는 것!"

"아아! 그런 뜻이!"

"나는 전혀 생각도 못해 봤는데."

"렉스는 다르구나! 그래서 열심히 일한 거구나!"

준혁을 향해 사방에서 탄성과 칭찬, 그리고 존경의 말들이 쏟아졌다.

이젠 쐐기를 박을 차례였다. 준혁은 목청을 돋워 말했다.

"그대들은 자랑스러운 아벤의 아들들! 당신들의 순수한

노동이 이 나라를 지탱하고, 이 땅의 백성들을 지키고 있는 겁니다! 합시다! 일을 합시다!"

"그래! 일을! 일을 해야지!"

"렉스의 말이 맞아! 우리는 막일꾼이 아니야! 우리야말로 이 땅을 지탱하는 든든한 파수꾼이다!"

"아아! 곡괭이질을 하찮게 생각한 나 자신이 부끄럽구나!"

준혁의 말 한마디에 모든 게 바뀌었다.

추운 날씨에 땅을 파는 일을 힘들게 생각하던 공병대원들이다. 그랬던 그들이 작업 열에 활활 불타오르고 있는 거였다. 마치 대단한 마법사의 활력 버프를 받은 것처럼 말이다.

이 모든 건 솔선수범해서 땅을 파고 자기 일을 소중히 여기는 준혁의 덕분이었다.

"으아아! 파자! 땅을 파자!"

"말뚝을 박아라! 나무를 올려라!"

"우리는 토벌대를 지키는 수호자! 최선을 다하자!"

한 사람의 말과 행동이 모두를 변화시키는 대단한 기적을 만들어 낸 거였다. 그리고 그런 모습을 작업반장 무스타가 바라보았다.

'대, 대단하다!'

그의 눈이 붉게 물들기 시작했다.

✡ ✡ ✡

 준혁은 게임을 빠져나왔다. 피로도가 쌓여 로그아웃한 거였다.
 오늘 접속한 시간은 총 8시간이었다. 어제보다 접속 시간이 3시간가량 늘어나 있었다.
 당연한 말이지만 아직 작업은 끝나지 않았다. 게임상에선 여전히 곡괭이질을 하고 있다는 소리였다.
 하지만 그럼에도 문제없이 로그아웃할 수 있었다. 현재 진행 중인 퀘스트가 준혁만을 위한 개인 퀘스트이기 때문이었다.
 아카식 월드는 실시간으로 진행되는 온라인 게임이다. 그렇기에 자칫 이런 식의 로그아웃이 퀘스트에 영향을 미치는 경우도 있었다.
 그러나 그건 최소 2명 이상의 유저가 속한 퀘스트에서나 발생할 수 있는 일이었다.
 한 사람을 위한 퀘스트에선 시스템이 유저를 배려해 주기에 준혁의 로그아웃에는 아무런 문제가 없었다.
 준혁은 시간을 확인했다. 오후 8시가 넘은 시간이었다.
 '배가 고픈걸?'
 점심을 먹고 얼마 되지 않아 접속한 거였다.
 '일단 밥부터 먹자!'

준혁은 서둘러 식당으로 향했다.

✡ ✡ ✡

다음 날 아침.

준혁은 여느 때와 다름없이 새벽같이 일어나 고시원 옥상에서 운동을 했다.

바벨을 이용해 하체 운동과 허리 운동을 했다. 그리고 상체와 등 운동까지 무리 없이 끝낼 수 있었다.

비록 조촐한 운동 기구였지만 프리 웨이트에 익숙한 준혁에겐 아무런 문제가 되지 않았다.

"흐아!"

털컹-

벤치 프레스에 바벨을 내려놓은 준혁은 자리에서 일어났다.

힘이 들긴 했지만 개운한 기분이었다.

잠시 자리에 앉아 쉬고 있을 때였다.

터걱- 터걱-

누군가 옥상으로 올라오는 소리가 들렸다.

'담배 피우러 오는 건가?'

고시원에 있는 흡연자들이 종종 옥상으로 올라와 담배를 피우곤 했다. 그렇기에 크게 신경 쓰지 않고 있었다.

그런데 그때였다.

"주, 준혁아……."

옥상으로 올라온 사람은 놀랍게도 장명호였다.

"어! 명호야?"

여자들 속옷을 훔쳤다는 누명을 썼던 사내 말이다. 며칠 전 준혁이 구해 주었던 바로 그 사람이었다.

"운동하고 있었구나."

지병으로 인해 호르몬에 문제가 생겨 미쉐린 맨 같은 몸을 가지게 된 장명호가 부끄러운 얼굴로 다가왔다.

"어, 그래. 구경하러 올라온 거야?"

"아, 아니, 그건 아니고. 네가 한번 올라오라고 했었잖아."

"그랬지. 그럼 결정한 거야?"

"으, 으응……."

두 사람은 그 사건 이후로 친구가 되기로 했다.

그리고 그날, 준혁이 장명호를 구해 주고 함께 치킨과 맥주를 마셨던 날, 준혁은 장명호에게 앞으로 함께 운동을 하자고 권유했고, 장명호는 고민해 보겠다고 말했었다. 그런데 이제야 결심이 선 모양이었다.

"잘 결정했다, 명호야. 정말 잘했어."

"그, 근데 내가 정말 운동을 할 수 있을까? 이 몸으로?"

"그 몸이 어때서? 운동이 뭐 대수냐? 그냥 조금씩 움직이는 거야. 무리할 필요 없어."

"그, 그래?"

"하지만 무엇보다 중요한 건 결심하고 실행하는 거야. 봐 봐. 넌 그 어려운 두 가지를 해냈잖아."

"아아, 그런 건가?"

"그렇다니까. 정말 잘했다. 무리하지 말자. 대신 꾸준히 유지하는 게 중요해. 운동은 내가 도와줄게."

"주, 준혁아."

"응?"

"너, 넌 정말 천사 같은 친구구나."

천사는 무슨, 너는 미래의 내 자산인데!

머지않은 미래에 장명호는 아카식 월드에서 가장 잘나가는 상인이 되어 있을 거다. 즉 강준혁은 발견되지 않은 보석, 미래의 재벌과 친분 관계를 만드는 중이었다.

"그런 말은 됐고! 우리 함께 운동하자꾸나, 친구야!"

성공하려면 노력해야 한다. 그리고 그 노력에는 인맥 관리도 포함되는 거다.

"무리하지 말고! 조심히! 조심히!"

준혁은 지금 그런 인맥 하나를 키워 나가는 중이었다.

✡ ✡ ✡

아침을 먹고 방으로 돌아온 준혁은 곧바로 아카식 월드에 접속했다.

게임이 시작된 장소는 케르토르 부락 인근에 있는 언덕이었다. 어제 열심히 곡괭이질을 했던 바로 그 장소 말이다.

주변을 둘러보았다. 작업 진행 상황은 딱 어제 로그아웃하기 전까지의 모습이었다. 준혁이 로그아웃한 이후로 다들 그 상태로 머물러 있었다는 의미였다.

그리고 다시 로그인하자,

"열심히 땅을 파자!"

"이곳에 말뚝을 박아라!"

"어서 나무를 묶어!"

모두가 바쁘게 움직이기 시작했다. 준혁의 영향을 받은 공병대원들이 토벌대 기지의 울타리 만들기에 여념이 없는 거였다.

까앙! 까앙!

준혁은 어제와 다름없이 열심히 땅을 팠다. 그것도 작업반장 무스타에게 선물 받은 S등급 딜튼의 곡괭이를 이용해서 말이다.

그리고 다이아몬드처럼 변치 않는 진실이 하나 있었다. 그건 바로 템빨의 힘! 그것은 정말 강력했다.

"흐압!"

휘두를 때마다 땅이 푹푹 파였다. 아벤 영지의 꽝꽝 언 땅이라고 해도 딜튼의 곡괭이라면 아무런 문제가 없었다.

그렇게 울타리를 만드는 작업도 끝을 보이고 있을 즈음이었다.

"여, 영주님?"

"영주님 오셨습니까?"

"영주님께 인사를 드립니다."

뒤쪽에서 사람들이 인사하는 소리가 들렸다.

'영주가 왔다고?'

준혁은 귀를 쫑긋 세웠다.

그리고 이어진 영주의 말.

"이거 보게, 무스타. 이게 어떻게 된 건가? 어찌 이리 작업 속도가 빠르단 말인가?"

"아, 저… 그게……."

"더군다나 우리 공병대원들이 정말 열심이지 않은가? 이런 분위기는 처음 보는군. 자네가 이런 분위기를 만든 건가?"

"아니요, 아닙니다요."

"그럼 대체?"

"그게 사실… 이 모든 게 저기 모험가 렉스 덕분입죠."

"레, 렉스 덕분?"

"그렇습니다."

무스타의 말에 아이칼 영주가 놀란 눈으로 작업 중인 렉스(준혁)를 바라보았다.

"어험!"

준혁은 짐짓 어깨를 푸는 척하며 아이칼 영주 쪽을 쳐다봤다.

제9장

월드 클래스

 아이칼 영주의 얼굴에 당혹감이 드러났다. 생각지도 못했던 일이 일어났기 때문이었다.
 그가 렉스(준혁)에게 하찮은 곡괭이질을 시킨 건 자신감 넘치는 모험가를 시험하기 위해서였다.
 모험가라면 이런 하찮은 일보다는 스포트라이트를 받는 진짜 일을 원할 테니까.
 그렇기에 렉스가 일을 버티지 못하고 그만둘 거라고 예상하고 있었다.
 그런데 일을 포기하기는커녕 오히려 뛰어난 성과를 만들어 내었다. 어찌 놀라지 않을 수 있을까?
 "대체 이게 어떻게 된 일인가?"

영주가 놀라서 물었다.

그러자,

"그러니까 그게 말입니다, 영주님."

무스타가 렉스가 행한 일들을 모두 설명해 주었다.

"그런 일이 있었단 말인가?"

"그렇습니다요, 영주님."

"그것참······."

무스타의 설명을 들은 아이칼이 확 달라진 눈으로 준혁을 바라보았다.

울타리 공사는 이미 끝을 보이고 있었다. 그것도 자신이 예상했던 것보다 훨씬 짧은 시간 내에 말이다.

더군다나 그동안 불만이 많았던 공병대원들의 태도까지 달라져 있었다. 매일같이 투덜거리며 일하던 그들이 지금은 매우 열성적으로 공사에 임하고 있는 거였다.

아이칼 영주는 생각했다.

'렉스가 정말 대단한 일을 해냈구나!'

전투를 치르는 시간보다 야영지 건설에 더 많은 시간을 쏟아붓는 아벤 방어성의 군대다.

어디에 있든 집처럼 편안하게 지내야 한다. 그래야 병사들이 힘을 내서 더욱 열심히 싸울 테니까! 이것이 아벤 군대의 신조였고, 공병대의 역할이 중요한 이유였다.

하지만 문제라면 공사 시간과 공병대원들의 불만이었다.

출정하면 어디를 가든 힘든 공사가 이어졌다. 그로 인해 공사 시간이 길어졌고, 그 뒤를 따라 공병대원들의 불만도 늘어만 갔다.

그런데 오늘! 공병대의 역사가 새로이 쓰였다. 그것도 별 기대를 하지 않았던 한 모험가에 의해서 말이다.

"어, 어험!"

아이칼은 벅찬 마음으로 렉스(준혁)에게 다가갔다. 그러고는 말했다.

"자네의 작업은 여기까지일세."

영주의 말에 준혁은 놀란 척 연기하며 말했다.

"저를 쫓아내시는 겁니까?"

그러자 아이칼이 손사래를 치며 말했다.

"아닐세, 아니야. 내가 왜 자네를 쫓아내겠는가?"

"그렇다면 왜?"

"이제 그 작업은 그만하라는 말일세."

"아직 작업이 좀 남아 있습니다만."

"그 정도면 충분하네. 이건 끝난 작업이나 마찬가지야."

영주의 말이 끝난 후였다.

띠링!

['영주의 마음' 퀘스트를 위한 서브 퀘스트 완료]

[완료 조건을 완수하여 보상을 얻습니다.]

[보상:아이칼 영주의 마음 10퍼센트]

서브 퀘스트가 완료되며 아이칼 영주의 마음 10퍼센트를 얻었다.

고작 10퍼센트.

하지만 준혁은 성급하게 생각하지 않았다.

'이대로 끝은 아니겠지?'

아이칼이 무스타를 통해 자신의 이야기를 들었음을 알고 있었다. 그렇기에 기대에 찬 눈으로 그를 바라본 거였다.

아이칼이 말했다.

"내가 지금까지 자네를 잘못 본 것 같군. 그저 마음이 앞선 어리석은 모험가인 줄 알았지 뭔가. 그런데 이제 보니 아니었어. 자네는 진짜 물건이야."

아이칼의 인정!

준혁이 어떤 일이라도 당당하게 처리하고, 하찮은 일도 마다치 않으며, 다루기 어렵다던 공병대원들을 이끄는 통솔력까지 갖춘 모험가라는 걸 알게 된 거였다.

그리고 그 덕분이었는지,

띠링!

[아이칼 영주가 당신을 마음에 들어 합니다. 그냥 마음에 들어 하는 것도 아니고 매우 흡족하게 생각합니다. 아이칼 영주의 마음이 움직입니다.]

아이칼의 마음에 변화가 생겼다.

'좋았어!'

이거야말로 기대하고 있던 반응이었다.

준혁은 서둘러 '영주의 마음' 퀘스트의 완료 조건을 확인했다.

[완료 조건]

2. 토벌 중 노력하여 아이칼 영주의 마음에 들어라.

-아이칼 영주에게서 얻은 마음:85퍼센트

85퍼센트.

15퍼센트였던 아이칼 영주의 마음이 어느덧 70퍼센트나 늘어나 있었다.

그렇다는 건 아이칼의 마음이 거의 넘어왔다는 것과 다름없는 소리다.

"흐음……."

하지만 그럼에도 준혁은 그다지 즐겁지가 않았다.

'꽤나 노력한 건데…….'

이번 일로 서브 퀘스트를 완수하지 못했다는 아쉬움 때문이었다.

회심의 한 방이었기에 이걸로 서브 퀘스트를 끝내리라 믿었었다. 그러나 결국은 완수하지 못했다.

'어쩔 수 없는 일이다.'

입술을 잘근 씹었다. 아쉬워한다고 해결되는 건 아니니까.

'뭐, 그렇다고 실패한 건 아니잖아?'

준혁은 생각을 달리했다.

다르게 보면 영주의 마음을 85퍼센트나 얻은 거다. 그렇다는 건 나머지 15퍼센트만 채우면 서브 퀘스트도 끝이라는 뜻이다.

'영주의 나머지 마음은 토벌이 끝날 때쯤이면 자동으로 얻게 될 거다.'

그걸 생각하니 기분이 풀어졌다.

'영주의 마음' 퀘스트가 해결되면 지금 진행하고 있는 '아벤 방어성의 토벌대' 퀘스트도 자동으로 끝나게 된다. 시스템이 헛짓거리만 하지 않는다면 말이다.

준혁은 고개를 끄덕였다. 그러고는 아이칼 영주를 쳐다봤다. 그러자 표정이 온화해진 아이칼 영주가 말했다.

"자네는 이제부터 당당한 토벌대원일세. 토벌대에 합류해 케르토르 부락 토벌을 준비하세."

일꾼이 아닌 온전한 토벌대로 인정받은 거였다.

이런 분위기 때문이었는지,

"우와! 아이칼 영주님이 렉스를 인정하셨어!"

"진짜 보통 사람이 아니야! 저 사람은 정말 뛰어난 모험가라고!"

"역시! 난 렉스가 될 사람이라고 믿고 있었어!"

공병대원들이 하나같이 찬사를 보내 주었다.

띠링!

[공병대원들이 렉스 님을 인정합니다. 지역 명성이 +20 되었습니다.]

'후훗!'

준혁은 속으로 웃었다.

여러모로 수확이 큰 퀘스트였다.

'하지만 아직 끝난 건 아니지.'

케르토르 부락을 완전히 정리해야 모든 퀘스트가 끝난다. 그렇기에 그때까지는 긴장의 끈을 놓아선 안 된다.

'이번 퀘스트로 80레벨까지 올라가 보자. 그렇게만 된다면 아카식 월드의 새로운 역사를 쓸 수 있다!'

뿌듯한 마음을 가진 준혁은 아이칼 영주와 함께 병사들의 막사가 세워진 곳으로 향했다.

✡ ✡ ✡

토벌대가 움직인 건 점심이 끝난 후였다.

준혁 또한 막간을 이용해 로그아웃해서 점심을 먹었다. 그러고는 막 접속을 한 시점이었다.

"토벌대! 준비하라!"

"총공격을 시행한다!"

"가자! 가서 케르토르 놈들을 쓸어버리자!"

어둠의 힘을 사용하는 다르칸 종족, 그리고 그런 다르칸 종족 중에서도 몬스터들을 오염시켜 아벤 방어성에 큰 타격을 입히고 있는 게 바로 케르토르 부족이었다.

이번 전투로 케르토르 부족을 쓸어버린다면 당분간은 아벤 방어성도 안전한 지대로 변하게 될 터였다.

'그렇다는 건 이곳 지역의 사냥터도 많이 약해진다는 의미겠지?'

준혁은 고개를 끄덕였다.

사냥터가 약해진다는 건 유저가 레벨 업을 하기 힘들어진다는 의미이기도 했다.

어차피 적당히 레벨을 올리고 이곳을 떠나려고 마음먹었었다. 이젠 새로운 세상을 향해 움직여야 할 때니까. 그러려면 이번 퀘스트를 이용해 최대한의 레벨까지 도달해야 했다!

"토벌대! 정렬하라!"

아벤 방어성의 토벌 군대가 어느새 전진 기지 앞에 정렬했다.

'쉴 곳을 만들고, 배를 채워 전쟁에 나간다!'

아벤 군대의 교리와도 같은 철칙!

막사는 모두 지어졌고, 점심도 다 먹었다. 그러니 이젠 케르토르 종족을 토벌할 차례다.

그런데 그때였다.

크에! 카아!

케에- 케에-

케르토르 부락에서 리자드맨처럼 생긴 이족 보행 도마뱀 놈들이 쏟아져 나왔다.

저놈들은 다름 아닌 케르토르 전사들.

'이대로 당하지만은 않겠다는 생각이구나!'

준혁은 고개를 끄덕였다.

놈들은 지금까지 부락에 숨어 일이 진행되는 상황을 지켜보았을 거다. 그러다 아벤 토벌대가 집결하는 걸 보고 쏟아져 나왔을 터였다.

엄청난 숫자의 케르토르 전사들이 들판을 메웠다. 대충 눈으로 확인해도 수천 마리가 넘어 보였다.

'이제부터 시작이구나.'

준혁은 가슴속 깊은 곳에서 솟구치는 뜨거움을 느꼈다.

회귀 전, 준혁 또한 대군을 이끌고 전장에 나간 적이 있었다.

아카식 월드가 제공하는 심장 떨리는 콘텐츠 중 하나! 그것은 바로 양 진영 간의 대규모 전쟁이었다. 그리고 지금, 800에 가까운 아벤의 토벌대가 수천 마리의 케르토르 전사와 대치하고 있었다.

전투 전에 솟구치는 아드레날린 효과!

'후우! 옛날 생각이 나는구나.'

준혁은 크게 숨을 내쉬며 감정을 정리했다.

지금은 이 전쟁에 집중해야 했다.

물론! 그가 직접 전장을 뛰어다니는 건 아니었다.

드넓은 필드를 가득 메우고 있는 토벌대와 케르토르 전사들의 레벨은 최소 130 이상이었다. 현재 준혁의 레벨은 고작 45였기에 전쟁터로 나섰다간 순삭을 당할지도 모를 일이었다. 즉, 비명횡사할 가능성이 무척 높다는 의미였다.

그걸 잘 알고 있는 아이칼 영주였기에 준혁에게 새로운 임무를 부여했다. 마법사들을 지키는 일이었다.

"그대가 렉스 군."

"그대의 활약상을 잘 들었소. 낮은 레벨임에도 불구하고 백성들을 위해 자원하다니, 대단하구려."

"우리를 보호하는 일을 한다니 잘 부탁합시다."

마법사들의 위치는 토벌대의 제일 뒷부분이었다. 전쟁터의 전경이 잘 보일 수 있도록 공병대에서 높은 단을 만들어 놓은 장소였다.

공격 마법과 치료 마법으로 토벌대를 지원하는 일을 하는 만큼 후방에 있는 거다. 그렇다는 건 이곳이 가장 안전한 장소라는 뜻이기도 했다.

준혁에겐 이만한 꿀 보직이 없었다.

'역시, 영주의 마음에 드는 게 중요하구나.'

여기에 서 있기만 해도 레벨은 알아서 오를 거다.

그렇다면 멀뚱멀뚱 남들이 싸우는 걸 구경만 해야 할까?

그건 준혁의 스타일이 아니었다.

'기회가 왔을 때 경험치를 있는 대로 쥐어짜 내자!'

방법은 물론 알고 있었다.

준혁은 자신의 옆에 있는 마법사에게 말했다.

"마법사 양반, 혹시 나를 위해 에너지 구슬을 만들어 줄 수 있습니까?"

"에너지 구슬이요?"

"그렇습니다, 에너지 구슬. 작고 동글동글한 그거 말입니다. 왜요? 못 만듭니까?"

"아, 아닙니다. 그건 쉽게 만들지요. 그런데 에너지 구슬은 무엇에 쓰시려고요?"

"이렇게 서 있으려니 좀이 쑤시는군요. 그래서 에너지 구슬로 조금이나마 적들의 체력을 빼놓으려 하는 거요."

준혁의 말을 들은 마법사가 감탄하며 말했다.

"토벌대를 돕기 위함이라니, 듣던 대로 성실한 모험가군요! 당신을 위해서라면 백 개, 아니 천 개라도 만들어 드리지요."

마법사가 서둘러 에너지 구슬을 만들기 시작했다. 그리고 그런 모습을 바라보던 준혁은 속으로 웃었다.

'흐흐흐! 하여간 마법사들은 순진한 구석이 있어.'

마법사들이 만드는 에너지 구슬은 에너지로 뭉쳐진 작은 구슬이었다.

장점이라면 무게가 가벼워 멀리 떨어져 있는 적을 공격하기 쉽다는 거였다. 하지만 단점이라면 공격력이 매우 낮았다. 그럼에도 준혁이 마법사에게 에너지 구슬을 요구한 건 공격 포인트 때문이었다.

'에너지 구슬만큼 몬스터에게 잘 박히는 공격 무기도 없지.'

가만히 서서 토벌대가 주는 경험치를 받아먹어도 상관은 없었다. 하지만 그렇게 되면 공격 포인트가 낮아 배분되는 경험치도 작다. 그렇기에 준혁 나름대로 머리를 굴린 거다.

에너지 구슬로 적을 공격하면 비록 공격력은 형편없어도 공격 포인트를 올려 훨씬 많은 경험치를 얻을 수 있다.

이거야말로 진정한 꼼수!

준혁은 만족스럽게 미소 지으며 전장을 바라보았다.

준비가 모두 끝난 토벌대였다.

"전군! 전진 앞으로!"

지휘관의 명령과 함께,

"전진 앞으로!"

"가자! 가서 케르토르 놈들을 쓸어버리자!"

아벤의 중갑 보병 군단이 움직였다.

쿵! 쿵! 쿵! 쿵!

지면을 뒤흔드는 강력한 군대의 돌진!

케에- 카아!

징 박힌 가죽 갑옷을 입은 케르토르 전사들에겐 마치 무쇠 전차가 다가오는 공포감이었을 듯싶었다.

그리고 그걸 지켜보는 준혁!

"공격 마법을 날려라!"

20명의 공격 마법사들이 일제히 공격 마법을 발사했다.

그와 동시에,

슈슈슉!

포물선을 그리며 날아가는 형형색색의 공격 마법들.

'지금이다!'

강준혁 또한 기회를 놓치지 않았다.

쉬익- 퍽!

쉬이익- 퍽!

준혁은 마법 에너지의 힘으로 저격총의 총알처럼 날아가는 에너지 구슬을 던졌다. 그리고 그럴 때마다 여지없이 케르토르 전사의 몸에 에너지 구슬이 꽂혔다.

그 덕분이었다.

띠링!

[축하합니다. 레벨이 올랐습니다.]

[축하합니다. 레벨이 올랐습니다.]

[축하합니다. 레벨이 올랐습니다.]

 미친 듯이 레벨 업 알람이 울려 대기 시작했다. 에너지 구슬 덕분에 얻은 공격 포인트로 인해 더 많은 경험치를 획득한 보상이었다.

 '이거야 완전 노다지판이구나!'

 준혁의 목표는 최소 70레벨, 가능하다면 80레벨 이상까지도 올리고 싶었다.

 그게 과연 가능할까?

 '해 보면 알겠지!'

 준혁은 계속해서 에너지 구슬을 집어 던졌다. 그리고 그럴 때마다 케르토르 전사의 몸에 에너지 구슬이 쏙쏙 꽂혔다.

 노력하면 목표했던 레벨까지 올릴지도 몰랐다.

 '최선을 다하자! 그렇다면 후회는 없을 것이다!'

 그걸 알고 있기에 적을 공격하는 준혁의 손이 더욱 빨라지고 있었다.

✡ ✡ ✡

 전투는 이틀에 걸쳐 진행되었다.

 791 대 4,500의 싸움.

 791은 아벤 토벌대의 숫자였고, 4,500은 케르토르 전사들의 숫자였다.

물론 전체적인 전투를 계산하면 대략 9시간 정도밖에 되지 않는 시간이었다. 이틀이라고 보기엔 턱없이 부족한 시간이었다.

하지만 그럼에도 전투가 이틀간 이어진 건 어디까지나 준혁의 게임 내 제한 시간 때문이었다.

유저는 육체적인 문제를 가지고 있는 인간이니까. 피로도라든지 생리적인 현상 같은 것들이 생길 수밖에 없었다.

그리고 이런 문제를 해결하기 위해선 당연히 로그아웃해야 했다.

준혁은 게임에서 빠져나왔다가 다음 날 다시 접속했다.

전투는 로그아웃 전 진행되었던 상황 그대로였다. 홀로 진행하는 퀘스트의 이점이자 장점이었다.

준혁은 전장을 둘러보았다.

"밀리지 마라! 전열이 무너지면 죽음이다!"

"케르토르를 무찌르자! 우아! 우아!"

"전진 앞으로오!"

수천 마리의 케르토르 전사와 고작 790명밖에 되지 않는 아벤 방어성 토벌대의 전투였다. 하지만 그럼에도 아벤 방어성 토벌대는 조금도 밀리지 않고 있었다. 중갑 기사와 병사들의 엄청난 활약 덕분이었다.

사방에서 녹색 피부를 가진 징그러운 케르토르 전사들

이 달려들었지만,

"죽어! 죽어 버려!"

"망할 놈들을 찢어 죽이자!"

"흐아! 흐아!"

아벤 토벌대의 병사들은 조금의 물러섬도 없이 용맹하게 적들을 물리쳤다.

"와우!"

준혁은 오랜만에 보는 대규모 전투에 감탄사를 내질렀다. 이 정도로 대단한 전장을 연출하는 걸 보면 이건 게임이라기보단 장대한 블록버스터 전쟁 영화라고 해야 옳을 터였다.

케르토르 전사들이 미친 듯이 달려들었다. 아벤 방어성의 중갑 기사와 보병들은 놈들을 막기 위해 고군분투했다. 서로 밀고 밀리는 피 말리는 전투였다.

'나도 열심히 해야 할 일을 하자!'

준혁은 집중력을 끌어 올려 열심히 에너지 구슬을 던졌다.

띠링!

[축하합니다. 레벨이 올랐습니다.]

그리고 그 덕분이었는지 레벨 또한 계속해서 올랐다.

'내 예상이 그대로 맞아떨어졌구나!'

에너지 구슬을 이용한 공격 포인트는 매우 유용했다.

쉬익- 파악!

[케르토르 전사에게 4의 데미지를 입혔습니다.]

[케르토르 전사에게 1의 데미지를 입혔습니다.]

[케르토르 전사에게 6의 데미지를 입혔습니다.]

준혁의 행동이 아벤 토벌대에게 도움이 되는 건 아니었다. 하지만 그렇다고 해서 방해가 되는 것도 아니다. 에너지 구슬 공격은 온전히 준혁에게만 이득이 되는 행동이니까.

남들에게 피해를 주지 않고 얻을 수 있는 이득이라면 어떻게든 취하는 게 당연한 거다.

준혁은 쉼 없이 에너지 구슬을 집어 던졌다. 그렇게 케르토르 전사들에 대한 공격 포인트를 올려놓았다.

일부러 앞쪽에 있는 케르토르들을 목표로 에너지 구슬을 던졌다. 그와 함께 토벌대의 공격이 이어졌다.

"밀어라아아아!"

"히얍!"

슈슉! 푸부북!

케에엑!

준혁의 계산대로 토벌대들은 앞쪽 케르토르를 쓸어버렸다. 그와 동시에 아름다운 알림이 울렸다.

띠링!

[축하합니다. 레벨이 올랐습니다.]

[축하합니다. 레벨이 올랐습니다.]

눈물이 날 정도로 즐거운 상황이었다.

그리고 그 이유는,

'79다!'

준혁이 원하던 레벨을 이미 뛰어넘었기 때문이었다.

모험가로서 70 이상의 레벨을 찍는다는 건 누구도 상상해 보지 못한 일이었다.

아니, 재벌이 되는 꿈을 꾸는 것처럼 상상은 한다. 하지만 누구도 모험가로서 70레벨이 되기 위해 노력하진 않는다. 목숨을 걸고 노력해도 이룰 수 없는 헛된 상상이니까.

단순한 진리였다. 그런데 그랬던 것을,

'해냈다!'

준혁은 급기야 이뤄 내고 말았다.

즐거움에 가슴이 터질 것만 같은 상황이었다.

시선을 돌려 전장을 확인했다.

"적이 얼마 남지 않았다!"

"모든 병력은! 총공격하라!"

수천에 달하던 케르토르 전사들은 이제 아벤 방어성의 토벌대 병력만큼이나 줄어들어 있었다. 그렇다는 건 이미 케르토르 종족의 패색이 짙어졌다는 거였다.

'마지막까지 최선을 다하자!'

준혁은 얼마 남지 않은 케르토르 전사들을 향해 에너지 구슬을 집어 던졌다.

"죽어라!"

쉬이익-

크아아아!

영주의 기마 기사단이 마지막 남은 케르토르 전사를 해치웠다.

그와 동시에,

띠링!

[축하합니다. 레벨이 올랐습니다.]

준혁도 레벨을 올렸다.

'80이다!'

꿈에도 그리던 80레벨이었다. 불가능에 가까운 일을 해낸 거였다.

"흐아!"

준혁은 양 주먹을 굳게 쥐며 포효했다.

이 얼마나 기쁜 순간인가?

게임이 시작된 지 아직 일주일도 지나지 않은 상황이었다. 그렇다는 건 아카식 월드 내에서 20레벨 이상의 유저 또한 여전히 나오지 않았다는 소리다.

'그런데 나를 보라!'

준혁은 80레벨이 되었다. 그것도 전직하지 않은 모험가로서 말이다.

'이건가? 이것이 회귀자의 특권이란 말인가?'

이건 마치 치트키를 쓰고 게임을 즐기는 기분이었다.

물론 일반적인 게임이라면 이런 치트키 같은 성장 때문에 금세 게임에 대한 흥미를 잃어버릴 터였다. 하지만 아카식 월드는 달랐다.

성장은 곧 돈이다.

남들보다 빨리 성장해서 거대한 세력을 만들고, 한 지역의 왕이 되어야 한다. 그렇게만 된다면 재벌 부럽지 않은 돈을 벌 수 있으리라.

그러다 문득 또 다른 생각이 들었다.

'아니지.'

준혁은 고개를 흔들었다.

짧은 시간 내에 상상을 초월하는 속도로 레벨 업을 하다 보니 잠시 중요한 걸 잊고 있었다. 바로 이 게임이 이제 시작 단계라는 것이었다.

초반엔 레벨이 중요하다. 그러다 후반으로 가면서 아이템과 스킬 트리의 싸움으로 변하게 된다. 즉, 현재 얻은 것들에 취해 자만하지 말아야 한다는 이야기다.

준혁은 마음을 다지며 정리되고 있는 전장 상황을 둘러보았다.

그런데 그때였다.

띠링!

[목표 레벨에 도달하였습니다.]

느닷없이 이상한 메시지가 떠올랐다.

'뭐야?'

준혁은 서둘러 메시지부터 확인했다.

'목표 레벨에 도달했다고? 이런 퀘스트가 있었나?'

곰곰이 생각해 봐도 레벨을 올리는 퀘스트는 없었다.

그렇다면 대체?

고개를 갸웃하며 생각을 정리하고 있을 때였다.

쿠우우웅!

순간 커다란 천둥소리와 함께 시커먼 어둠이 주변을 뒤덮기 시작했다. 이건 전혀 예상하지 못한 전개였다.

✡ ✡ ✡

챙!

준혁은 무기를 꺼내 들었다. 그러고는 시커먼 어둠 이외에는 아무것도 보이지 않는 주변을 경계했다.

이곳은 여전히 레드 존 지역이었다. 만약 이것이 누군가의 함정이라면 자칫 목숨이 위험할 수도 있는 상황이었다.

'뭐야? 대체 뭐가 어떻게 된 거야?'

심장이 어찌나 두근거리는지 기침이라도 했다간 입 밖으로 뱉어 버릴지도 모른다는 생각이 들 정도였다.

이건 정상적인 게 아니니까.

월드 클래스 • 277

회귀 전, 20년에 가까운 세월 동안 게임을 플레이했었지만 이런 경우가 있었다는 건 듣지도, 보지도 못했었다.

뭘까? 게임에 오류라도 생긴 걸까?

그게 아니라면…….

준혁은 서둘러 로그아웃 버튼을 찾았다. 설정을 불러내 게임 접속을 종료하기 위해서였다.

'말을 듣지 않는구나.'

하지만 아무리 설정과 로그아웃을 시도해 봐도 시스템은 여전히 응답하지 않았다.

입술이 바짝 말랐다.

이렇게 게임 속에 갇혀 버리기라도 하는 걸까?

준혁은 천천히 호흡을 가라앉히며 냉정하게 상황을 판단했다.

'뭔가 이유가 있을 거야. 그렇지 않고서야…….'

불안한 마음을 안은 채 주변을 살폈다.

그렇게 조금의 시간이 흐른 후였다.

"음?"

전방에서 아주 작은 빛이 보이기 시작했다.

'저건?'

준혁은 긴장의 끈을 놓지 않은 채 점점 커지고 있는 빛을 주시했다. 그러자 놀랍게도 빛이 준혁을 향해 다가왔다.

태양처럼 눈이 부신 건 아니었다. 어두운 방에서 밝은 세상으로 통하는 창문을 바라보는 기분이랄까?

경계심을 곤두세운 채 빛을 노려보았다.

그러자 순간,

쉬욱!

커다란 통로 같은 것이 준혁의 앞에 다다랐다.

준혁은 날카로운 눈으로 통로를 확인했다. 놀랍게도 통로 너머에는 또 다른 세상이 존재하고 있었다.

'이거야 원······.'

어둠 이외에는 아무것도 존재할 것 같지 않았던 세상이었다. 그런데 작은 불빛이 점점 커져서는 또 다른 세상으로 통하는 문을 만들어 준 거였다.

준혁은 통로 너머의 세상을 쳐다봤다.

'이건?'

마치 고대 그리스와 같이 석조로 된 신전이 시야에 들어왔다. 그리고 그 신전의 문 앞에 토가를 걸친 사내가 신전을 바라보며 깊은 생각에 잠겨 있었다.

'저 사람은 또 뭐지?'

궁금증이 일었다.

준혁은 사내에게 물었다.

"저기요, 여기가 어딥니까?"

준혁의 물음에 사내가 고개를 돌렸다. 그러고는 준혁과 눈을 마주쳤다.

"오호!"

준혁을 발견한 사내가 호기심 가득한 표정으로 다가오며 말했다.

"당신에게서 범상치 않은 기운이 느껴지는군."

준혁은 사내의 머리를 확인했다. 사내의 이름은 클라디우스였다.

클라디우스가 말했다.

"두려워하지 말고 이쪽으로 오게. 여긴 안전한 장소라네."

준혁은 사내의 말에 따라 어둠 속 공간을 벗어나 거대한 석조 신전이 지어진 세상으로 발을 들였다. 그러고는 물었다.

"여기는 어디입니까?"

그러자 클라디우스가 인자한 표정으로 말했다.

"글쎄……. 그건 나도 잘 모르겠네."

"모른다고요?"

"아주 오래전, 나는 이곳에서 눈을 떴지. 그러고는 내가 왜 여기 있는지를 알 수가 없었어."

준혁은 안타까운 눈으로 클라디우스를 바라보았다.

'기억상실증이라도 걸린 건가?'

우스운 일이었다. 기억상실증에 걸린 NPC라니.

'그런데 이 사람이 NPC는 맞는 건가?'

여러 가지 의문이 떠올랐지만 알 수 있는 건 아무것도 없었다.

준혁은 고개를 흔들며 물었다.

"그렇다면 당신은 당신이 어떤 존재인지도 모른단 말입니까?"

그러자 클라디우스가 처연한 표정으로 말했다.

"내가 한 왕국의 왕자였다는 건 알고 있네. 고대의 도시, 번성했던 대단한 왕국. 하지만 그것뿐이네. 그다음은 기억이 나지 않는구먼."

"그렇군요."

준혁은 안타까움을 느꼈다. 하지만 그렇다고 해서 자신이 여기에 계속 있어야 할 이유는 없으니까.

클라디우스에게 물었다.

"혹시 이곳을 나가는 방법을 알고 계십니까?"

"나가는 방법? 아! 자네가 있던 세상으로 돌아가는 방법 말이지?"

"그렇습니다."

"있지. 있고말고."

"그게 뭡니까?"

"나는 오랫동안 누군가 나를 찾아오기를 기다렸지. 마치 나의 숙명처럼. 내 기억을 찾아 줄, 내가 이 우주선에 갇히게 된 이유를 알아내 줄 사람. 그리고 이 우주선의 정체를 밝혀 줄 사람을 말이야."

우주선?

지금 눈앞에 있는 사람의 입에서 우주선이라는 단어가 나온 거다.

준혁은 적잖은 충격을 받았다.

대체 이 NPC가 어떻게 우주선의 존재를 알고 있는 걸까? 그렇다면 이 사람은 NPC가 아니란 말인가?

"저기, 클라디우스 씨."

"그냥 편하게 부르게. 나도 자네를 편하게 렉스라고 부르겠네."

"좋습니다, 클라디우스. 그런데 당신은 어떻게 우주선에 대해 알고 있는 겁니까? 당신은 NPC가 아닙니까?"

"나는 NPC가 뭔지 모르네. 그리고 우주선에 대해선 어렴풋이 기억만 하고 있을 뿐, 내가 그걸 어떻게 알고 있는지도 알 수 없네."

'이런…….'

클라디우스의 말에 준혁은 안타까움을 느꼈다.

어렴풋한 기억밖에 가지고 있지 않다니!

하지만 그럼에도 준혁의 심장은 뛰고 있었다.

그리고 그 이유는,

'이 사람은 우주선에 대해 알고 있어!'

지금 이 장소, 그리고 눈앞에 있는 사람이 존재하는 이유가 분명하게 있다는 생각이 들었다.

클라디우스가 말했다.

"어떤가, 렉스? 나를 도와 내 기억을 되찾아 주지 않겠는가?"

그의 말과 함께 눈앞에 메시지가 떠올랐다.

띠링!

[월드 클래스 퀘스트가 발생했습니다.]

'월드 클래스의 퀘스트라고?'

준혁은 자신의 눈을 의심했다.

월드 클래스라니?

지금까지 이런 종류의 퀘스트에 대해 들어 본 적이 없었다.

'하기야……'

준혁은 고개를 흔들었다.

이 장소와 클라디우스라는 사람, 이 모든 것이 비상식적으로 느껴졌다.

지구에 나타난 7대의 우주선, 그리고 과거로 회귀한 자신에 대한 것들을 떠올려 보았다.

생각해 보면 뭐든 정상이긴 하겠는가?

'내가 이 모든 진실을 밝혀내야 한다는 말인가?'

준혁은 가슴속에서 거대한 무언가가 꿈틀거리는 느낌을 받았다. 저들이 지구를 찾아온 이유와 지구인들을 게임 세상으로 불러들인 이유에 대해서 말이다.

어쩌면 퀘스트를 통해 이 모든 이유를 알 수 있을지도 모르겠다는 생각이 들었다. 그렇다면 당연히 월드 클래스 퀘스트를 확인해야 하지 않을까?

'퀘스트 확인!'

준혁은 새로이 발생한 퀘스트창을 열었다. 그러고는 곧바로 퀘스트 내용을 확인했다.

제10장

'블랙-카삭스'

[클라디우스]

망각의 신전에서 머물고 있는 의문의 사나이

클라디우스는 자신의 기억을 되찾고 싶어 합니다.

그와 관련된 모든 것을 알아내십시오.

난이도:전설

완료 조건:모든 연계 퀘스트 해결

진행 상황:0퍼센트

제한 시간:없음

퀘스트 보상:

1. 클라디우스가 언급한 우주선에 대한 정보

2. 종류에 상관없이 당신이 원하는 무기 1개

3. 종류에 상관없이 당신이 원하는 방어구 1개

특이 사항:

1. 연계 퀘스트로 이루어진 월드 클래스 퀘스트입니다.

2. 거부할 수 없는 강제 퀘스트입니다.

퀘스트 내용 안에 특별한 무언가가 담겨 있지는 않았다.

하지만 그렇다고 해도 이건 일반적인 것이 아닌 매우 특수한 상황이다.

준혁은 주변을 둘러보았다.

'이곳이 망각의 신전이란 곳이구나.'

그리고 이곳에 머물고 있는 사람을 쳐다봤다. 그의 이름은 클라디우스였다.

월드 클래스 퀘스트는 그와 관련된 것들이었다.

준혁은 빠르게 생각을 정리했다.

그러자,

'이게 정말 중요한 일들일까?'

문득 그런 생각이 들기도 했다.

당연한 말이지만 느닷없이 지구에 나타난 우주선과 지구인들에게 갑작스레 게임을 서비스하기 시작한 이들에 대한 의문은 항상 마음속에 남아 있었다.

하지만……

'내가 그걸 알아낸다고 해도 나한테 도움이 되는 건 별로 없지 않을까?'

회귀 전 20년 동안 세상은 아무 문제 없이 잘 돌아갔고, 게임도 계속해서 서비스되었다.

그렇기에 준혁은 굳이 월드 클래스 퀘스트를 해결해야 할 필요성을 느끼지 못하고 있었다.

하지만 그럼에도 이번 퀘스트가 신경 쓰이는 건 바로 퀘스트 보상 때문이었다.

'가만있어 보자……'

조금 전엔 퀘스트의 내용에 신경 쓰느라 보상을 제대로 확인하지 못했었다. 그런데 보상 내용을 다시 훑어보니……

'잠깐, 정말 보상으로 종류에 상관없이 내가 원하는 무기와 방어구를 한 가지씩 주겠다는 거야?'

눈이 번쩍 뜨였다.

종류에 상관없이 당신이 원하는…….

'이건 완전 백지수표잖아?'

퀘스트 내용에 눈이 팔려 보상을 제대로 확인하지 못했었다. 그런데 다시금 정신을 차리고 보상 내용을 두세 번 확인하고 나니 심장이 두근거리기 시작했다.

'이건 정말 대박이잖아!'

결코 포기할 수 없는 엄청난 혜택이었다.

종류에 상관없이 유저가 원하는 무기라고 하니 가장 먼저 떠오르는 것이 있었다.

준혁은 회귀 전을 떠올렸다.

'다른 건 몰라도 절대자의 검은 꼭 갖고 싶었었는데……'

절대자의 검! 엄청난 공격력과 수십 개의 마법 효과가 붙은, 말 그대로 절대적인 검이다.

당시 사람들은 이 검에 대해 인간의 경제력을 모두 합쳐도 살 수 없는 신의 무기라고 칭송했었다. 그만큼 상상을 초월하는 효과를 보유한 신비의 검이었으니까.

물론 회귀 전 20년 동안 절대자의 검을 손에 쥔 사람은 아무도 없었다.

하지만 그럼에도 모두가 이 검에 대해 알고 있는 건 게임 회사에서 홍보했기 때문이었다.

게임 회사가 검에 대한 정보를 공개했던 그날, 인터넷과 방송에선 완전히 난리가 났었다.

〈절대자의 검을 가질 수만 있다면 아카식 월드 내에서 최강자의 자리에 군림할 수 있다!〉

즉, 말 그대로 절대자가 되는 거다. 사람들이 얼마나 가지고 싶어 난리가 났었겠는가?

'그런데 만약 내가 월드 클래스 퀘스트를 깬다면?'

준혁은 가슴속에서 뜨거운 기운을 느꼈다.

처음엔 별거 아니라고 생각했는데, 다시 보니 굉장했다.

더군다나 제한 시간도 무제한이지 않은가? 시간에 얽매이지 않고 차근차근 게임을 플레이하면서 해결해도 되는 퀘스트란 의미였다.

마음속 결론은 지어졌다. 그렇기에 클라디우스를 보며 말했다.

"클라디우스, 지금 당장 나에게 정보를 주시오!"

준혁의 눈에서 욕망이 불타오르고 있었다.

"무, 무슨?"

그리고 그런 준혁의 모습에 당혹감을 느낀 클라디우스, 그의 등에서 식은땀이 흘러내리고 있었다.

✡ ✡ ✡

준혁은 클라디우스와 이런저런 이야기를 나누었다. 그리고 그 덕분에 알게 된 건 그가 많은 걸 기억하지 못하고 있다는 거였다.

진작 알고 있던 사실이었다. 그와 대화를 나눈 건 메인 퀘스트에 부과된 연계 퀘스트를 받기 위함이었다.

준혁의 의도가 맞았는지 클라디우스가 자신이 알고 있는 최소한의 정보에 대해 말해 주었다.

"내가 살았던 왕국의 이름은 기억이 나질 않아. 하지만 이상하게도 나르헤라는 도시의 이름은 기억에 남아 있네. 이곳에 대한 정보를 좀 수집해 주지 않겠나?"

그의 말과 함께 퀘스트가 주어졌다.

띠링!

[클라디우스의 연계 퀘스트가 발생합니다.]

[전설의 도시 나르헤]

내용:클라디우스가 기억하고 있는 건 오직 나르헤뿐입니다. 트라웰 왕국의 수도인 카르잔으로 가세요. 카르잔의 왕립 도서관에는 나르헤와 관련된 정보가 존재할 겁니다.

난이도:A

완료 조건:나르헤에 관한 정보를 수집하라.

제한 시간:3일

퀘스트 보상:

50케넌-캐시

S등급 무작위 방어구 상자 1개

퀘스트는 그다지 어려운 것이 아니었다. 그럼에도 꽤 좋은 보상이 함께 주어졌다.

'50케넌-캐시와 S등급 무작위 방어구 상자!'

준혁은 만족감을 느꼈다.

'이거 잘하면 두둑한 보상을 챙길 수 있겠는걸?'

트라웰의 수도라면 어차피 방문할 예정이었던 곳이었다. 그렇기에 준혁은 클라디우스에게 말했다.

"정보를 알아보고 말해 드리지요."

"이거 도와줘서 정말 고맙구려."

퀘스트를 수락하자,

위이잉-

준혁의 바로 옆으로 포털이 하나 열렸다.

포털. 아카식 월드 내에서 다른 장소로 이동하는 방법의 하나인 공간 이동용 문이었다.

클라디우스가 말했다.

"이건 렉스가 있던 곳으로 돌아가는 포털일세. 이 안으로 들어가면 처음 있었던 곳으로 나갈 수 있지."

"알겠습니다."

준혁은 포털로 다가갔다. 그러다 문득 궁금한 게 떠올라 고개를 돌려 물었다.

"나르헤에 대한 정보를 얻게 되면 어떻게 해야 합니까?"

"정보를 얻게 되면 자네 앞에 지금과 같은 포털이 열릴 걸세. 이곳으로 돌아오는 포털이지."

"흐음······. 알겠습니다. 그럼 그때 뵙겠습니다."

작별 인사를 한 준혁은 곧장 포털로 들어섰다.

✡ ✡ ✡

포털을 통과하자 세상이 눈앞에 펼쳐졌다. 그러자 전투가 끝난 벌판과 정렬하고 있는 아벤 방어성의 병사들이 시야에 들어왔다.

'모든 게 조금 전 그대로잖아?'

주변이 어두워지기 전, 그러니까 망각의 신전으로 이동되기 전 상황이 그대로 남아 있는 거였다.

'그렇단 말이지?'

준혁은 순간 모든 것이 이해되었다.

이건 마치 정지되었던 화면이 다시 재생되는 것 같은 시각적 효과였다. 그렇다는 건 망각의 신전을 다녀와도 게임에는 아무런 영향이 가지 않는다는 의미였다.

준혁은 안도감을 느꼈다.

그리고 그러는 사이,

히이이힝!

전투를 끝낸 아벤 방어성의 영주 아이칼이 준혁에게 다가왔다. 그러고는 만면에 미소를 띤 채 말했다.

"대승을 거두었다네, 렉스!"

"축하합니다, 영주님."

"으하하! 자네, 그거 아는가?"

"어떤 것 말씀이십니까?"

"이번 전투의 대승, 그건 모두 자네 덕이라네."

"그게 무슨······."

"자네가 공병대원들에게 보여 주었던 모습, 하찮은 일조차 하찮게 여기지 않았던 그 훌륭한 자세. 우리 기사와 병사들 모두 그 이야기를 가슴속에 담고 있었다네."

"그렇다면 이번 전투가?"

"맞네. 다들 자네의 말을 듣고 힘을 냈지. 우리가 모두 하나라는 것. 왕국을 위해! 백성들을 위해 맡은 바 임무를 다하자는 그 마음 말일세."

아이칼이 벅찬 얼굴로 주변을 둘러본 후 말을 이었다.

"바로 그 마음이 이번 전투를 대승으로 이끌었다네."

아이칼의 말이 끝난 후였다.

띠링!

[영주의 마음을 100퍼센트 얻으셨습니다. '영주의 마음' 퀘스트를 완수했습니다.]

드디어 영주의 마음 퀘스트가 완료되었다.

그와 동시에 또 다른 메시지가 나타났다.

띠링!

[아벤 방어성의 토벌대 퀘스트를 완수했습니다. 인벤토리를 확인하세요.]

'오호!'

2개의 퀘스트가 동시에 끝난 거였다. 그 뒤로 이어지는 퀘스트의 보상 효과!

띠링!

[축하합니다. 레벨이 올랐습니다.]

[축하합니다. 레벨이 올랐습니다.]

이건 아벤 토벌대 퀘스트에 포함된 경험치 200퍼센트 보상 효과였다.

덕분에 레벨은 82가 되었다. 게임이 시작된 지 고작 6일 만의 일이었다.

'정말 끝내주는구나.'

준혁의 레벨 업은 미친 듯이 독주 중이었다.

아이칼 영주가 말했다.

"고생 많았네. 나는 토벌대를 추슬러야겠네. 혹여 다음번에 아벤 방어성에 들르게 된다면 나를 찾아와 주게."

히이이힝!

인사를 한 아이칼 영주가 말 머리를 돌려 토벌대가 있는 곳으로 향했다.

그와 동시에 뜨는 메시지.

띠링!

[아이칼 영주와의 친밀도가 +200 되었습니다.]

[당신의 지역 명성이 +30 되었습니다.]

토벌대에서 펼친 활약으로 아이칼 영주와의 친밀도가 상당히 올라갔다.

　이건 꽤 만족스러운 성과였다. 아카식 월드 내에서 귀족과 친분을 쌓는 건 여러모로 큰 도움이기 때문이었다.

　기분 좋게 게임 세상을 둘러보고 있을 때였다.

　띠링!

　[아벤 토벌대와의 파티가 해산됩니다.]

　토벌대와의 파티가 끝났다. 퀘스트가 끝났기에 준혁의 볼일 또한 마무리되었다는 이야기다. 그렇다는 건 굳이 이곳에 남아 있을 필요가 없다는 말이기도 했다.

　'이제 그만 아벤 방어성으로 돌아가 볼까?'

　준혁은 지역 귀환 주문서를 사용했다.

✡　　✡　　✡

　안전지대로 들어온 준혁은 곧바로 퀘스트 보상부터 확인했다.

　아벤 방어성의 토벌대 퀘스트로 얻은 건 경험치 200퍼센트의 보상과 100케넌-캐시, 그리고 A등급 판금 부츠였다.

　준혁은 판금 부츠부터 확인했다.

　'아이템 확인!'

[판금 부츠]
등급:A등급 / Lv.1 / 승급률:0퍼센트
방어력:1,200
내구도:400/400

 지금까지 방어력 15짜리 초보용 가죽 부츠를 신고 다녔는데, 그것과 비교하면 완전히 신세계였다.
 준혁은 곧장 부츠를 갈아 신었다. 그러고는 자신의 장비를 확인했다.
 C등급의 장검과 B등급의 판금 투구를 제외하면 갑옷과 장갑, 그리고 부츠는 모두 A등급이다. 게임이 시작된 지 6일밖에 되지 않았다는 걸 생각하면 이건 그 자체만으로도 엄청난 무장이었다.
 만족감이 느껴졌다.
 '좋아! 이번엔 다른 걸 확인해 보자.'
 준혁은 인벤토리를 열었다. 또 다른 퀘스트의 보상을 확인하기 위해서였다. 마라디아의 보상 상자 말이다.
 인벤토리 안에 들어 있는 마라디아의 보상 상자는 여전히 깜빡이고 있었다.
 망설일 이유는 없었다.
 '상자 개방!'
 마음속으로 생각하자 화려한 효과와 함께 마라디아의

상자가 열렸다.

띠링!

[400케넌-캐시를 획득합니다.]

[300금화를 획득합니다.]

[왈튼의 장갑 1개를 획득합니다.]

[영혼 기사의 검 1개를 획득하셨습니다.]

그와 동시에 엄청난 보상들이 쏟아졌다.

'와우!'

준혁은 놀라움을 감추지 않았다.

마라디아의 보상 상자 안에 이렇게나 많은 보상이 숨겨져 있을 줄이야?

'고생한 보람이 있구나.'

처음 아이칼 영주가 시비를 걸었을 때 준혁은 퀘스트를 포기해야 하나 싶은 충동을 느꼈었다. 그랬던 것을 꿋꿋하게 이겨 낸 거다. 그리고 이렇게 엄청난 보상들을 얻어 냈다.

'으하하!'

어찌 기분이 좋지 않을 수 있을까?

정말 마음에 드는 건 40만 원 가치의 가상 화폐와 300금화를 얻은 것이 아니다. 준혁의 시선을 끌고 있는 건 바로 이름을 가진 무기였다.

무기의 이름은 영혼 기사의 검이었다.

아이템에 이름이 붙었다는 건 최소 S등급 이상이란 소리다.

준혁은 보상으로 얻은 무기부터 확인했다.

[영혼 기사의 검]
등급:S등급 / Lv.1 / 승급률:0퍼센트
공격력:52,000
내구도:8,500/8,500
마법 효과:
영 속성 추가 데미지 200퍼센트
영혼의 찌꺼기 흡수로 승급률을 올림
1초에 내구도 1 복구
5퍼센트의 크리티컬 히트

 기대했던 것처럼 S등급의 검이었다. 더군다나 S등급부터 붙는 여러 가지 마법 효과들이 눈에 띄었다.
 준혁은 짜릿함을 느꼈다.
 이 얼마나 가지고 싶었던 상위 등급 무기란 말인가?
 현재 그가 장비하고 있는 무기는 C등급 장검이었다.
 곧바로 검을 바꾸었다.
 그런데 그때였다.
 띠링!
 [각인 효과가 발동됩니다.]
 느닷없이 알람이 떠올랐다.

'각인? 무기 각인?'

준혁은 눈앞에 뜬 메시지부터 확인했다.

✡ ✡ ✡

[각인 효과가 발동되어 영혼 기사의 검이 렉스 님에게 종속됩니다.]

'이런…….'

아이템의 각인 효과. 이건 아이템이 습득자에게 영원히 종속된다는 의미였다.

그렇다는 건 오늘 얻은 영혼 기사의 검을 거래소에서 거래할 수 없다는 뜻이었다.

'마음대로 팔 수 없는 아이템이라니…….'

준혁은 살짝 아쉬움을 느꼈다.

영혼 기사의 검은 S등급 검이다. 상점에선 구할 수 없는 등급의 무기라는 이야기다.

더군다나 아카식 월드에선 방어구보다 무기가 훨씬 비싼 가격에 거래된다.

그 말인즉, 영혼 기사의 검을 거래소에 내놓는 순간 상상도 못할 금액이 붙을 거라는 의미였다.

상당한 당첨금의 복권을 환전하지 못하는 기분이다.

하지만 그것도 잠시, 준혁은 고개를 흔들었다.

'아니지.'

거래소에서 거래할 수 없을 뿐 영혼 기사의 검이 가진 고유의 기능이 상실된 건 아니다.

더욱 높은 레벨로 나아가기 위해 고등급의 무기는 필수 품목이었으니까.

영혼 기사의 검을 얻은 행운은 여전히 준혁의 것이란 거였다.

또한 무엇보다 좋은 건 그동안 아쉬움으로 느껴졌던 고등급의 무기를 얻었다는 거다.

그렇기에 아이템을 팔아서 돈을 마련하는 게 급한 문제가 아니었다. 오히려 좋은 무기를 이용해 몬스터를 사냥하고 레벨을 올려야 한다.

'작은 아쉬움 하나로 나에게 찾아온 행운을 깎아 내리지 말자.'

결심을 굳힌 준혁은,

챙!

검집에 들어 있던 영혼 기사의 검을 뽑아 보았다.

"오호……."

한 손으로 쥘 수 있는 장검의 검날에는 은은한 은빛 기운이 감돌고 있었다.

이름만큼이나 신비한 기운에 둘러싸인 검이다.

'좋아! 이거면 된 거지, 뭐.'

준혁은 만족감을 느꼈다.

아카식 월드에서 S등급 장비는 높은 레벨의 유저가 사용한다. 그런데 준혁의 현재 레벨은 82다. 미래의 아카식 월드를 생각하면 하위에 속하는 레벨이다. 그렇기에 준혁은 자신의 레벨보다 월등히 높은 무기를 손에 넣은 거나 마찬가지였다.

'하지만 이게 끝은 아니지.'

준혁은 마라디아의 보상 상자에서 나온 또 다른 아이템을 확인했다.

'아이템 확인.'

[왈튼의 장갑]
등급:S등급 / Lv.1 / 승급률:0퍼센트
속성:화 속성
방어력:6,000
내구도:2,300/2,300
마법 효과:
화 속성 저항 50퍼센트
내구도 수리 비용 -10퍼센트
절대 얼지 않음

'이것도 S등급이구나!'

현재 착용하고 있는 장갑은 A등급 판금 장갑이었다.

왈튼의 장갑은 방어력이 1,200인 판금 장갑과 비교하면 상당한 수준의 방어력을 지닌 장갑이다.

준혁은 두 번 생각할 것도 없이 장갑을 갈아 꼈다. 덕분에 방어력이 월등하게 올라갔다.

없던 자신감이 절로 생기는 기분이었다.

'이 정도면 충분하다.'

회귀 전에 가지고 있던 기억 덕분에 아벤 방어성을 시작 지점으로 선택했다. 그리고 그 선택의 결과로 게임 시작 6일 만에 굉장한 성과를 얻기도 했다.

'탁월한 선택이었어.'

준혁은 주변을 둘러보았다.

허름해 보이지만 단단한 성벽이 시야에 들어왔다. 그리고 그 안을 구성하고 있는 의지 충만한 전사들과 백성들도 보였다.

짧은 기간이었지만 어느새 정이 들어 버린 기분이었다. 하지만 그렇다고 해서 이곳에 머물 수도 없었다. 이젠 아벤 방어성을 벗어나 새로운 세상으로 나아가야 할 때였다.

'가 볼까?'

준혁은 이동을 위해 아벤 방어성에 있는 텔레포트 마법사를 찾아갔다.

마법사의 복장을 한 사내가 물었다.

"어서 오시오, 모험가. 이동하고 싶은 곳이 있으시오?"

"트라웰 왕국의 수도 카르잔."

"카르잔이라······. 이동 비용은 1골드 50은화입니다."

처음 시작하는 입장에선 꽤 비싸게 느껴지는 금액이다. 하지만 그렇다고 해서 이동 마법을 이용하지 않을 수는 없었다. 여기서 카르잔까지 걸어가려면 너무 많은 시간이 걸릴 테니까.

"여기."

준혁은 마법사에게 돈을 건넸다. 그러자 마법사가 양손을 들어 올리며 말했다.

"감사합니다, 손님. 카르잔의 광장으로 모시겠습니다."

정중하기까지 한 영업용 멘트였다.

마법사의 마법 주문이 끝나자,

후아악!

밝은 빛과 함께 주변 세상이 변하였다.

✡ ✡ ✡

눈앞에 하얀 막이 쳐졌다. 아벤 방어성에서 트라웰 왕국의 수도 카르잔에 도착했다는 표시였다.

하얀 막이 사라지는 데는 대략 5초 정도의 시간이 필요했다.

'블랙-카삭스' • 305

쉬이익-

하얀 막이 투명하게 변하며 사라지자 새로운 세상이 준혁의 시선으로 들어왔다.

'역시!'

기대하고 있던 거대한 도시의 모습이다.

준혁은 주변을 둘러보았다.

유럽풍으로 꾸며진 도심의 광장에는 수많은 사람들이 북적이고 있었다. 그리고 광장을 중심으로 도로가 시원하게 뻗어 있었다. 도로의 양옆으론 유럽 양식의 건물들이 예쁘게 자리 잡고 있었다.

준혁은 고개를 들어 올렸다.

저 멀리 거대한 트라웰 왕성이 늠름하게 자리 잡고 있었다. 언제 봐도 멋진 건축물이었다.

'여긴 진짜 오랜만이구나.'

트라웰 왕국의 카르잔은 아카식 월드의 5개의 시작 지점 중 하나였다. 그리고 그 때문에 엄청난 인파로 북적이고 있는 곳이었다.

"사냥 좀 했냐?"

"말도 마. 성 밖 사냥터는 아직도 사람들로 꽉 차 있다니까."

"에이, 그럼 그냥 도시에서 퀘스트나 하자."

"그래. 그걸로 얻는 경험치도 쏠쏠하더라."

"난 5일 동안 퀘스트로 2레벨이나 올렸어. 넌?"

"난 3레벨."

"우와! 부럽다."

일부러 들으려고 한 건 아니었지만 광장에 있다 보면 이런 식으로 유저들의 대화를 듣게 된다.

"후훗!"

준혁은 부드럽게 미소 지었다.

아직 유저들은 5일 동안 3레벨을 올린 걸 부러워하는 수준이었다.

'내가 6일간 81레벨을 올렸다고 하면 허언증이라고 비웃겠지?'

굳이 그런 사실을 공표할 필요는 없었다. 아카식 월드에선 유저의 레벨이 표시되지 않으니까.

'일단 움직이자.'

준혁은 카르잔에 위치한 왕립 도서관을 향해 걸었다. 그러자 유저들의 시선이 준혁에게 쏠렸다.

"저 사람 뭐야? 복장이 왜 저래?"

"뭐지? 사냥으로 얻은 아이템들인가?"

"뭔지는 모르겠지만 상당히 화려해 보이는데?"

아직은 유저들 사이에서 아이템에 대한 개념이 확실하게 자리 잡고 있지 않았다.

그렇기에 유저들 또한 준혁이 얼마나 높은 등급의 방어구를 착용하고 있는지 알 수 없는 거였다.

준혁은 신경 쓰지 않았다. 지금은 클라디우스에게 받은 퀘스트를 처리하는 게 우선이니까.

그렇기에 곧장 왕립 도서관으로 향했다.

왕립 도서관은 왕성과 조금 떨어진 곳에 있는 3층짜리 건물이었다.

왕국의 수도에 지어진 왕립 도서관인 만큼 엄청난 규모를 자랑하는 곳이었다. 마치 역사와 전통을 자랑하는 대학교의 본관 건물과 같은 느낌이라고 해야 할까?

'그러고 보니 이 게임을 하면서 도서관에 와 보는 건 처음인걸?'

준혁은 도서관으로 들어섰다. 그러고는 이곳에서 일하는 사서를 찾아가 고대 도시에 관한 정보를 물어보았다. 그러자 사서가 머리를 긁적이며 대답했다.

"고대 도시 나르헤라……. 그런 건 들어 본 적이 없습니다."

"그렇다면 정보를 찾아볼 만한 곳이 있겠습니까?"

"고대 도시와 관련된 내용이라면 도서관 지하 2층에 있습니다."

"고맙습니다."

사서에게 고개를 끄덕여 준 준혁은 곧바로 지하 2층으로 내려갔다.

준혁은 정면을 바라보았다.

"으흠……."

지하 2층 서고는 온갖 책들로 가득 차 있었다. 이 정도 서적이라면 서울에 있는 국회 도서관보다 더 많은 장서량을 자랑하지 않을까 하는 생각이 들 정도였다.

'여기서 나르헤에 관한 정보를 찾아야 한다니!'

막막함이 느껴졌다.

'괜히 난이도 A가 아니구나.'

순간 이럴 시간에 나가서 사냥이나 하는 건 어떨까 싶은 생각이 들기도 했다.

하지만,

'아니지. 보상을 생각하면 어느 정도 시간을 들여 보는 것도 나쁘진 않겠지.'

준혁은 퀘스트의 보상을 떠올렸다.

'50케넌-캐시와 S등급 무작위 방어구 상자 1개'.

전설의 도시 나르헤 퀘스트 하나만으로도 짭짤한 보상을 얻을 수 있다.

'일단 시간을 들여 보자!'

그렇게 결심한 준혁은 시간을 낭비하지 않기 위해 곧바로 책장을 둘러보기 시작했다.

✡ ✡ ✡

준혁은 로그아웃을 했다.

"흐음……."

침대에 누운 채 그는 아쉬운 한숨을 내뱉었다.

게임 속에서 무려 3시간 동안 왕립 도서관을 들쑤셨다. 하지만 그럼에도 나르헤와 관련된 정보를 찾을 수 없었다. 도서관에 쌓인 정보의 양의 너무 많았기 때문이었다.

'내일 접속하면 방법을 좀 달리해야겠는걸?'

오늘 할 일은 일단 모두 끝난 거였다.

"으차!"

준혁은 자리에서 일어났다. 그러고는 게임 접속 장치를 나무 상자에 집어넣었다.

스마트폰은 책상 위에 올려져 있었다. 그는 스마트폰을 이용해 아카식 월드 거래소 사이트에 접속했다.

'어디 보자.'

아카식 월드 거래소는 게임을 서비스하는 회사에서 공식으로 만든 사이트로, 케넌-캐시를 이용해 아이템이나 골드를 사들일 수 있는 유일한 곳이었다.

준혁은 이곳저곳을 확인했다.

아직 활발한 사냥이나 레벨 업이 이루어지고 있지 않았기에 그다지 많은 물품이 올라와 있지는 않았다. 고작해야 D등급에서 C등급 아이템이 전부였다.

하지만 그런 아이템들조차 10만 원에서 100만 원에 가까운 가격에 거래가 이루어지고 있었다.

'역시 초반이라 그런지 아이템 가격에 상당한 거품이 껴 있구나.'

이럴 때는 정가 판매보단 경매를 이용하는 게 더욱 좋았다.

준혁은 스마트폰을 조작해 자신이 가지고 있는 A등급 판금 장갑을 경매에 올렸다.

거래 종료는 내일. 최종 낙찰가는 내일 밤에 확인하면 될 터였다.

✡ ✡ ✡

다음 날 새벽.

일찍 일어난 준혁은 고시원을 나섰다. 그가 향한 곳은 서울 신사동이었다.

지하철에서 내려 가로수길에 도착한 시간은 새벽 6시 30분이었다.

조금의 시간을 기다리자 반가운 목소리가 들렸다.

"혀, 형!"

그는 멀리서부터 소리치며 어린아이처럼 뛰어오고 있었다.

준혁은 손을 흔들어 자신을 향해 달려오고 있는 이병구를 반겨 주었다.

"준혁이 형!"

준혁에게 다가온 이병구가 연예인을 바라보는 눈으로 그를 쳐다봤다.

짜식, 부담스럽게시리.

준혁은 부드럽게 미소 지으며 말했다.

"잘 지냈어?"

"물론이죠. 그날 이후로 형을 뵙고 싶어서 죽는 줄 알았어요."

"뭐, 맨날 톡 보내고 있잖아."

"그거랑 직접 뵙는 거랑 같나요. 그래도 이렇게 뵙는 게 훨씬 좋죠."

"후후! 그런가?"

"그럼요."

"녀석. 일단 가자."

"네, 형."

준혁이 앞장서자 이병구가 뒤를 따랐다.

두 사람이 향한 곳은 가로수길 근처에 있는 한 건물이었다.

준혁은 시간을 보며 잠시 기다렸다. 그러자 이병구가 불안한 듯 물었다.

"그런데 형, 정말 여기가 맞을까요?"

"왜? 형 못 믿어?"

"아니요. 저는 형을 철석같이 믿습니다."

"그래. 그럼 한 번 믿었으면 끝까지 믿어."

이런 말을 하지 않더라도 준혁은 이병구가 자신을 끝까

지 맹신할 걸 알 수 있었다. 누군가를 위해 목숨을 바치는 사람은 흔치 않으니까.

그런데 이병구는 지난 생에서 자신을 위해 죽었다. 당연히 그의 진심을 믿을 수밖에.

조금의 시간이 흐른 후였다.

오전 7시.

화려한 팡파르가 울렸다.

준혁과 이병구가 서 있던 건물의 1층 매장 문이 열리며 이벤트 소녀가 나타났다.

"지금부터! 아카식 월드 접속 장치의 무료 배포를 시작합니다!"

7일 차 무료 배포가 시작된 거였다.

"혀, 형!"

이병구가 떨리는 목소리로 준혁을 부르며 쳐다봤다. 그의 눈빛은 마치 신을 바라보는 선량한 양의 모습이었다.

"훗!"

준혁은 기분 좋게 웃으며 이벤트 소녀에게 다가갔다.

그가 기억하고 있던 두 번의 접속 장치 무료 배포 행사 중 마지막이 바로 오늘이었다.

고시원으로 돌아온 준혁은 아침을 먹고는 곧장 아카식 월드에 접속했다.

'일단 오후까지만 도서관을 찾아보고, 나르헤에 관한 정보를 못 찾으면 나가서 사냥을 하자.'

그렇게 마음먹은 준혁은 어제와 다름없이 지하 2층을 돌아다니기 시작했다.

오전과 오후 내내 큰 소득 없이 현실로 돌아온 준혁은 저녁을 먹고 생리 현상을 해결한 후 또다시 게임에 접속했다.

'이거 슬슬 신물이 나려고 하네.'

오전과 오후 시간을 허비하며 찾아봤지만 아무런 소득이 없었다. 더군다나 밤이 다 되어 가고 있음에도 뭐 하나 건진 것 없는 답답한 상황이었다.

피로도 누적으로 인해 곧 게임을 끝내야 한다. 그걸 생각하니 살짝 화가 나려고 했다.

그런데 그때였다.

"저기, 모험가분."

누군가 준혁을 불렀다.

"음?"

1층에서 만났던 도서관의 사서였다.

사서가 준혁에게 다가와 말했다.

"혹시나 싶어 도서관 마스터 중 한 분께 여쭈어보았습니다."
"나르헤에 관해서요?"
"그렇습니다. 그랬더니 그분이 나르헤와 관련된 정보를 알고 계신다더군요."
"그래요?"

준혁은 놀란 눈으로 사서를 바라보았다. 그러자 사서가 뒤쪽을 가리켰다.

그곳엔 흰머리가 성성한 노인이 있었다. 그레고리라는 이름을 가진 왕립 도서관의 마스터 중 한 명이었다.

준혁에게 다가온 그레고리가 책을 내밀며 말했다.

"나르헤에 대해 알고 있는 분을 만나게 되다니, 대단히 반갑습니다. 아마도 당신이 찾는 정보는 여기에 있을 겁니다."

준혁은 그레고리가 내민 책을 확인했다.

가죽으로 엮어진 책이었다.

책을 보자 겉면에 그려진 그림이 눈에 확 띄었다.

그림을 본 순간이었다.

"이건?"

심장이 순간 쿵! 하고 내려앉았다.

검은색 해골 모양 방패 위에 날이 나가 톱처럼 보이는 검이 놓인 그림이었다.

'설마?'

준혁은 이 그림을 분명하게 알고 있었다. 회귀 전에 알고 있던 길드의 마크였으니 말이다.

그건 다름 아닌 블랙-카삭스 길드가 사용했던 상징이었다. 준혁을 포함한 수천 명의 사람을 배신한 길드, 바로 그 길드 말이다.

'대체 이 표식이 왜 여기에?'

블랙-카삭스는 역사적인 전쟁에서 준혁의 길드를 배신하며 그를 죽음 직전까지 몰아붙였던 바로 그 단체였다.

2권에 계속

www.mayabook.co.kr

www.mayabook.co.kr

www.mayabook.co.kr

www.mayabook.co.kr